夜不語

詭秘檔案703

Dark Fantasy File

# 幽靈公車

夜不語 著 Kanariya 繪

CONTENTS

# 作者自序

三十三歲。

三十三歲，這是我為《夜不語詭秘檔案》中的一個重要配角，老男人楊俊飛設定的年紀。

十三年前，我創造了夜不語這個人物，也創造了老男人楊俊飛。

當時的我，才二十一歲。

以二十一歲的年齡而言，那時候的我，總覺得三十三歲是不可思議的年紀。是很老、超級老的大叔，我當時想，自己一定不可能活到三十三歲。因為三十三歲，實在是太可怕了。三十三歲的人是叔叔輩，西裝革履，做事一絲不苟。夢想、希望、全都因為家庭的壓力灰飛煙滅。

而留下的，只剩工作、工作、工作。對強者的阿諛，對弱者的鄙視。遵從一切的社會規則，在夜深人靜，疲倦不堪的提著公事包回家，踢飛鞋子，扯鬆領帶，死豬一般躺在沙發上時，才驚覺，時間正飛速的順著指縫間流走，哪怕捏緊拳頭，也無法阻止。

那時候的我，一直認為，自己一定會在三十三歲前死去。挽留住青春，將一切都停留在最美好的時代。

可是我，終究沒有死掉。

我在這個疲倦不堪的社會中活了下來，活得還挺不錯的。我戀愛、娶妻、有了女兒餃子。

然後驀然回頭才發現，自己居然已經跨過了三十三歲。成為了比老男人楊俊飛，更加大叔的大叔了……

最近不知道怎麼了，流行起祭奠青春的電影。每次出門，都能看到電影院的海報上一個個青春的男孩女孩，穿著現代的服裝，演繹著八〇年代。我從來都是個附庸風雅的俗人，自然也要緬懷一番青春。

昨天下午，成都少有的出了太陽。陽光如雨水般落在街道上，看起來挺美。我也工作得煩了，於是丟開鍵盤，拉著妻，牽著餃子出了門。

作為一個三十三歲的大叔，祭奠青春最好的方式，自然必須得去小學的母校。

大學畢業後的我，從德國回到了成都後，就再也不願意離開自己的城市。

雖然成都這座城市，真的很古怪。它陰冷，夏天熱得人像狗，冬天冷得人還不如狗活得暖和。這個城市沒有暖氣。一年三百六十五天裡，有三百天都籠罩在陰霾中。彷彿整個城市都拖欠了老天爺高額薪資，所以老天爺關掉了成都的陽光開關。

於是每每出太陽的那天，恍如節日，整個室外全是人。每個成都人都恨不得將肚子刨開，將心肝肺大腸小腸一起掏出來，放到陽光底下曬曬。

雖然在同一個城市，但是也已經二十多年沒回過母校了。慢悠悠的走了一下午，好不容易到了，才發現自己的學校早已經變成一個小社區，再也無痕跡了。

歲月變遷，和人的臉一樣，無論你喜不喜歡，都會變成臉上的皺紋。最終令你變得面目全非。

呃，說了那麼多，似乎全是廢話。

好吧，下本書的序再繼續囉嗦了喔。這本是這個長達好幾本書的劇情結局，其間眾所周知出了許多的波折，弄得我也疲了，倦了。所以有些地方的劇情處理，或許不是太好。

不過，下一本書又會恢復一個故事一本的節奏。

希望大家今年，也能繼續支持《夜不語詭秘檔案》系列，以及我的新書《鬼骨拼圖》系列。

謝謝！

夜不語

幽靈公車 Dark Fantasy File

# 人物簡介

茜茜：博時教育的御姐總監，對時悅穎有著超乎尋常的關心。

小涼：博時教育的財務，同樣對時悅穎有著超乎尋常的關心。

時女士：時悅穎的姐姐，妞妞的媽媽。閨蜜叫她石頭。

妞妞：一個六歲多的可愛小女孩，智商高達一百六。

李夢月：趙雪口中的大小姐，有著絕麗的容貌，冰冷的氣質。

**時悅穎：**《夜不語詭秘檔案201》中的女主角。我再次失憶後，將我又一次撿回去悉心照顧的善良女孩，有些秀逗，愛看連續劇。

**夜不語：**主角夜不語，失憶中。再次被時悅穎撿回去後，時悅穎貼心的為他改回從前的名字——小奇奇。

# 幽靈公車

公車，是人類最重要的公共運輸工具之一。

如果將公車視作蟲子的話，那麼車內的大多數人就是正常細胞。可是在這個污穢不堪的環境中，總是會繁衍出癌細胞的。

一旦，這個癌細胞進入了有著全是正常細胞的公車內時。行駛著的密閉空間裡，究竟會發生什麼可怕的事情呢？

或許結局，依舊是那麼難以猜測……

# 楔子

據說，決定一個人未來的是三個「商數」，也就是許多人都聽說過的，智商、情商、逆商。

智商和情商都容易理解。可，逆商是什麼？

說來也簡單，那便是一個人面對困難、挫折、失敗的抗打擊能力。

舉個例子，有的人，大學考試失敗了，很痛苦，但很快就另謀出路了。有的人，無法承受大學考試失敗，便選擇自殺。後者比之前者，就是逆商不足。

逆商不足的人，容易精神癌變，癌變之後，就會將自己的痛苦轉嫁給他人。自己自殺了一了百了還好，最多痛苦的是他或者她的父母家人。

最為恐怖的是，他搭上了擁有正常社會細胞的密閉大眾運輸工具，將自己的一腔仇恨，向無辜者發洩。從一個可憐者，變為一個可恨者。

張栩就是這麼一個精神上的癌變者。

他的一生，稱不上苦。有個很普通的家庭、普通的父母，還有普通的生活。不普通的是，他煩透了現在的普通。想來想去，張栩總覺得自己的人生實在是太沒有色彩了，如此活著，還不如一了百了的好。

人太普通，對於這個疲倦不堪的骯髒、扭曲的社會而言，也是一種難解的煎熬和挫折。

不過普通的死去，似乎也擺脫不掉「普通」這個烙印。

於是張栩決定在死前，幹一件事！大事！

九月二十日那一天，他辭掉了無趣至極的工作，甚至還一巴掌搧在老闆臉上，在所有人詫異的表情裡，張栩哼著不成調子的歌，腳步極為輕盈。有生以來，他第一次如此輕鬆愜意。

或許結束自己的生命，真的是個不錯的選擇。

張栩買了一瓶五百五十毫升的汽水，又來到了附近的加油站。在廁所裡，他擰開蓋子將汽水全部倒掉，之後再隨便找了個藉口，讓加油站員工將汽油灌入汽水瓶中。

哼著小曲，他慢慢踱著步，走到了一棟高架橋邊的大廈上。

冠宇大廈的五樓，有個特殊的地方。

因為地理位置的緣故，源西鎮有個公車站設在這兒。站台簡陋，而且只有一輛公車每隔大半天才來一次。

即便是本地人，源西鎮也很少人知道，停靠在五樓的十八號公車。

張栩恰巧是知道的人。這輛十八號公車的起站是源西鎮站，而盡頭，他卻不曉得。

當然，他也根本不在乎。

他滿腦子只想在死前，幹一件大事，讓整個源西鎮，不，是讓全國都驚動的大事。簡陋破舊的公車站連張凳子都沒有，站頂的塑膠天花板也破了好幾個大洞。從早晨十點一直等到下午四點，終於十八號公車來了。

一整天都沒吃東西的張栩完全不覺得餓，他握了握提在手裡，裝有五百多毫升汽油的包包，鎮定的看了公車一眼。

這輛公車和車站一樣破舊不堪。行駛起來吱吱呀呀的，就連停車，都會發出一陣彷彿隨時要散架的刺耳響聲。刷成紅色的車身早已斑駁掉漆，車窗骯髒。

透過倒映著天空顏色的窗戶玻璃，張栩看到了公車車內一張張昏昏欲睡的臉。人不多。

張栩皺了皺眉頭，上車，然後裝出不經意的表情掃視著車廂內。人果然不多，這輛能載五十五人的車，現在不過才二十幾個乘客，無法達到自己心目中「大事」的標準。

乘務員穿著俗氣的花襖子，是個中年女人。最特別的是，這個女人的身材很矮，只到普通人的腰部。說話也尖聲尖氣的，讓人聽得很討厭。

從她手裡買了票後，張栩慢吞吞的到車尾，找了個座位坐下。

他決定等等。下幾站是大站，上車的人肯定會多起來。

果不其然，過了兩站後，上車的人果然多了。公車本來就老舊，載重越多，停車和啟動的速度越是緩慢，並不時發出呻吟。聽在張栩耳中，就像是在聽一個垂垂老矣、行將就木的老者在說著最後的遺言。

張栩嘴角浮現出一絲笑容。

剛上車的乘客三三兩兩的或坐或站著，剛好最近北京一輛公車發生了一件奇怪的靈異事件，大家越傳越訛，哪怕是在車上，也有許多人應景的討論著。

張栩聽得很開心，他眼看車坐滿了人，甚至就連走道上都有不少人站著。心想時機應該成熟了。於是他將座位讓給了一個老人家，滿臉笑容的接受老人的感謝後，慢吞吞的移動到車中央的人群裡。

這裡離後車門最近，一旦堵住，人很難逃出去。

張栩右手摸向打火機，就在這時，公車再次減速。下一個站台就快到了。

「上車的人越多越好。」他將打火機重新放回去，決定在下一段路再進行自己的大計劃。

車停穩時，天色已經漸漸暗了下來。

那個破舊的公車站只站著一個人，一個穿著老舊紅衣服的女人。女人披著凌亂的長髮，臉藏在氈帽中看不清楚。

張栩的眼球猛地縮了縮，不知為何，他總覺得這個女人，似乎有些不太對勁兒！

長髮女人看不出年紀，安安靜靜的站在站牌邊，猶如一張色調黯淡的恐怖圖畫。

此時，太陽已經完全躲藏進西邊的山溝中，整個世界都散發著一股死亡的氣味。

等車停穩，女人動了。慢吞吞的邁步向車上走，一步，一步。張栩越看她，越覺得這個女人有問題。可問題究竟出在哪裡，連他自己也都搞不明白。再看車上的其他人，似乎對這女人並沒有多加注意。

難道，只有自己看出來了？不應該啊，這不合理！

張栩摸了摸腦袋，決定不再理會。自己是要幹大事的，誰上車，最終的命運都一樣。

女人上車後，整個車廂都陰冷起來。她買了票，一步一步的在人群裡移動。最終在離張栩不遠的地方停下了腳步。

說不在意終究是假的，張栩一直用餘光打量那女人。女人的身上挎著一個碩大的麻布袋子，袋子裡似乎裝著某種圓滾滾的東西。隨著車輛的起步，露出了黑黝黝的一角。

張栩莫名其妙的打了個寒顫。只是用視線餘光接觸罷了，辨別不出那黑黝黝的是什麼東西，但不管是什麼都令他刺骨生寒。他用力的擺動腦袋，將注意力轉開。

之後，張栩下了決心。再次將袋子裡的打火機抓在手上，右手偷偷的摸到飲料瓶，想要把瓶蓋打開。

他有些緊張，手抖得很嚴重。

就在這時，那個離自己沒幾公尺遠的女人，突然不見了，這讓張栩嚇了一大跳。怪了，明明就沒見她移動過，怎麼會忽然就在人群裡消失呢？

還沒等他回過神，張栩居然感覺有什麼東西掃過了自己裸露的脖子，皮膚被某種毛髮物刺激得起了一層雞皮疙瘩。

他立刻回頭望去，頓時心臟都快停了。

那原本消失的女人，竟然不知在何時跑到了自己的身後。女人垂著腦袋，氈帽中湧出亂七八糟的長髮，如同亂麻般糾纏在一起，有一部分甚至爬到了他的脖子上。

張栩仍舊看不清她的臉。但是她身上的行李抵在他背上，接觸位置只留下一陣冰冷麻木的生硬感，如同一塊萬載寒冰緊緊的貼著自己，哪怕是隔著衣物，都凍得刺骨。

該死，這是怎麼回事？

難道這該死的紅衣女人是鬼魂？只有將死之人才能看得到的鬼魂？許多恐怖故事裡不是常說，若人就要死了，肩膀上的三把火就會熄滅，鬼怪便會來纏住你。自己確實是要自殺，但是他明明鐵了心要讓公車上的所有人陪葬，但是為什麼其他人什麼反應都沒有，也不覺得這女人古怪。

只有自己，只有他自己發現了怪異？

難道等一下死掉的，只有他張栩一人而已？自己的大計劃將會失敗？

不可能！絕對不可能！

一時間，張栩腦袋裡竄出了許多亂七八糟的想法，他恐懼得幾乎要歇斯底里了。誰說要自殺的人不會害怕的。

他，怕得要死！

身後的女人輕輕搖晃了一下腦袋。脖子中的骨頭，發出「咯吱咯吱」的摩擦聲。

突然，張栩呆了一下。不對，不對不對。這個女人根本就不是鬼。

他明明有聽到細微的呼吸聲從女人的鼻孔裡噴出來，雖然很輕很微弱，但她確實在呼吸。而且呼出的氣，是熱的。

鬼不會呼吸，也不會噴熱氣。她不是鬼，難道只是個單純的瘋婆子？

張栩稍稍心安了一點，他怕夜長夢多，乾脆一咬牙揭開了飲料瓶的蓋子，左手摸索著打火機的摩擦輪，想要將火點燃。

可是車微微一震，打火機在搖晃中，被他失手掉到了地上。張栩暗罵穢氣，無奈的縮起身子，在擁擠的人群中蹲下身，想要將打火機撿起來。

他蹲下後，腦袋剛好碰到了詭異女人的行李。就在這一剎那，張栩看到了永生難忘的可怕景象。

那女人的行李明明是個粗麻布的編織袋，並不透明。可是當他轉頭，視線接觸到袋子的瞬間，卻看到袋子裡如同呼吸般，正在散發著一幽一明的微弱黃光。黃光中，一個有人腦袋大的酒罈子形狀的物體，從袋子中露了出來。

最恐怖的是，不光是編織袋，就連古舊的酒罈子，也在那層黃光中變得透明起來。一呼一吸間，張栩甚至能看到酒罈子中盛滿了噁心的骯髒液體。液體裡一個嬰兒屍體般的玩意兒，沉浮其中。

彷彿是察覺到張栩驚訝的視線，嬰屍居然猛地睜開了眼睛。

四隻眼睛相互對視，碰撞出驚人的邪惡氣息。

張栩再也忍不住了，如女人般尖叫著，也顧不上什麼打火機、什麼自殺、什麼大計劃。他拚命的在人群中向後退了好幾步。

「兄弟，你在幹啥喔？把老子的腳都踩痛了！」張栩背後的幾個男人沒好氣的抱怨道。

他尖著嗓子，恐懼的大聲道：「那個女人，那個女人的行李裡有一具屍體！」

「女人？什麼女人？」經他一嗓子喊出來，周圍的人似乎這才注意到張栩背後，似乎真的有一個穿著骯髒衣服的女人。

大家紛紛訝異道：「這女人什麼時候上車的？怎麼誰都沒有看到。好髒啊，這麼髒誰看到了都應該記住才對啊。」

女人見眾人都在議論自己，並無開腔，甚至沒有絲毫動彈。她依舊那麼靜悄悄的站著，全身瀰漫著死氣。

「她行李裡有一具屍體！真的！」張栩再次大聲喊。被那個死嬰看了一眼，他整個精神狀態都瀕臨崩潰了。

「屍體？」每個人都倒抽了一口冷氣，不過大多都不太相信。

張栩指著女人，「是一具嬰兒屍體。恐怖得很。」

矮小的乘務員眼看事情有些超出控制，連忙擠過來，對那怪異女人說：「女士，請把妳的行李交給我檢查一下。我們公司規定，違規物品不能上車。如果妳的行李裡真的有嬰兒屍體，按規定，我們要將車開到警局去一趟。」

女人沒有開口，也看不出表情。她緩緩的動了，將行李遞給侏儒乘務員。

車，又是一抖。乘務員沒將行李提好，那個編織袋猛地隨著搖晃而掉落在地。只聽一聲清脆的悶響，女人行李內的東西隔著編織袋摔得粉碎。

大量黃褐色，伴隨著噁心腥臭味的液體從袋子中浸了出來。猶如和車內的空氣產生了激烈的化學反應，液體發出嗤嗤的聲音，不停冒氣泡。

「什麼鬼東西！」矮小的乘務員被那液體沾了一褲，頓時嚇了一跳。

乘客們被臭味熏得難受，大聲嚷嚷著：「是不是毒氣什麼的，快把那玩意兒扔到窗外去……」

幾個乘客眼疾手快，拿起編織袋，打開窗戶就往外扔。

只見編織袋被扔出去的一剎那，公車周圍迅速瀰漫起一股濃濃的白霧。白霧籠罩了所有視線可及的範圍，頓時什麼也看不到了。

張栩被這麼一驚一乍，雙腳癱軟的瘓在地上。全身止不住的發抖。他果然還是怕死的。什麼自殺，什麼幹大事，經歷了那詭異女人的一幕，突然變得什麼都不重要了。

活著比較重要，平凡一點、普通一點又怎麼樣呢？

活著，比較重要。

張栩感覺自己又重拾起活下去的信心。他掙扎著想站起來，可是突然發現，剛才還一直沉默不語的詭異女人，在她的行李被扔出去後，就失蹤了。遍尋車廂，也看不到她的身影。

那個女人去了哪？

張栩使勁兒轉動眼珠子，試圖將那女人找出來。而其餘的乘客也紛紛意識到這個問題，開始找那個有可能攜帶危險違禁品的女人。

可是所有人在十八號公車裡，終究沒有找到她的身影。

突然，一個人指著車外的濃霧，聲音音恐懼而發抖，「你們看，那是什麼？」

翻滾的濃霧中，一個並不清晰的模糊身影，不知從哪裡冒出來，追趕起這輛老舊的十八號公車。

那似乎是一個女人，一個披頭散髮的女人。

究竟是什麼女人，能夠以時速五十幾公里奔跑？

這是十八號公車中，所有乘客，最後的念頭……

一九九三年，九月二十日，源西鎮發生了一件駭人聽聞的恐怖新聞。一輛十八號公車在下午兩點駛出公車總站後，再也沒有回到過終點。

它和車上的一共七十名乘客，一同失蹤了！

只有兩個人下了車。

# 第一章 停在五樓的十八號公車

「我在溫和寬廣的天幕下，徘徊在這三個墓碑周圍，守望著飛蛾在石楠和吊鐘柳叢中撲打著翅膀，傾聽著和風吹過草叢的聲音，心中疑惑不解：何以有人想像出來，那些長眠者在如此安謐寧靜的土地之中，卻不得安謐寧靜地沉睡？」

《咆哮山莊》這本小說，是以這樣的文字來結束的。我第一次讀這本小說時，才八歲。雖然年紀小，但是仍舊覺得它的結尾自有深意。

不錯，它結尾的深意，隱藏的是關於人和命運的根本問題。

老人們說什麼年齡做什麼事。這句話同樣也是真理。一如生了小寶寶的父母們，才會發出生兒育女後，時光飛逝，一不小心就頭髮花白的「時間去哪兒了」的感慨。

同樣，也只有淪落到了我現在的這種詭異境地，才明白，逃生無門是什麼心情！

據時悅穎說，我叫奇奇。一個挺古怪的名字。我失憶了。我現在的境地，看來還真的有些山窮水盡。

冠宇大廈像是一艘孤舟，承載著我和李夢月，漂浮在白霧之上。

整個源西鎮都被白霧籠罩了，我的視線實在穿不透陽光下的霧氣。只隱隱覺得霧氣中彷彿有什麼在不停的翻滾著。

大廈五樓的頂樓上，我和李夢月面面相覷。

「該死，這究竟是怎麼回事？」我喃喃道。

明媚的陽光普灑在大地上，一絲一縷的光芒落到我們身上，卻仍舊令我們感到一身冰冷。

「這霧到底是從哪裡冒出來的？」我強壓下自己內心中的震驚，不過是來調查那家所謂的「理想中心」而已，怎麼會被突然而至的白霧襲擊，甚至，這怪霧還神秘莫測的籠罩了整個城市。

迷霧恰好沉浮在五樓的高度，不多一分，不少一分，完全違背了物理定律！

三無女李夢月輕輕搖了搖腦袋，表示同樣費解。

「算了，管不得那麼多了。」我抬頭看著天空的太陽，「總不可能一直都待在頂樓上。誰知道下邊的霧氣到底什麼時候散，我們再等一個小時，如果還沒有散掉的跡象的話，就試著往樓下走。」

躲在頂樓已經兩個多鐘頭了，日頭開始向西天落下，猶如黯淡的暮年老者。今天的太陽紅得如同蒙了一層血，非常嚇人。我很擔心時悅穎的處境。她身旁也不太平，真不知道這霧會不會為她帶來什麼噩事。

李夢月點頭，算是同意了。

等待總是煎熬的，我在心裡盤算著最近發生的一系列怪事。自從失憶後，詭異的事件就連續不斷、層出不窮。不久前，時女士的女兒小蘿莉妞妞找到一口裝著死嬰的神秘酒罈、還有那張擁有著恐怖超自然能量的老照片，以及現在腳下莫名其妙出現的霧。

一切的一切，都令我摸不著頭腦，也讓我心中恐懼。

這看起來白森森的霧，似乎隱藏著巨大的危險。對於危險的事情，我向來都很謹慎。再怎麼說，源西鎮並不是多霧的城市。在一個風和日麗的下午時分湧出如此濃稠的霧，根本就沒法解釋。

時悅穎啊，千萬不要有危險！

猶如過去了半輩子，一個小時的光陰這才緩緩流淌殆盡。而手機上的時刻，也準確的來到了四點整。

李夢月看了我一眼，「霧，沒散。」

不錯，霧完全沒有一絲一毫散掉的跡象，甚至還變濃了許多。我皺著眉頭，咬緊牙關，正準備做決定時。一個令人更加目瞪口呆的詭異現象出現了。

和冠宇大廈頂樓同一條水平線上，似乎有什麼東西正往這邊無聲無息的靠近。開始還是一個紅點，緊接著便越來越大。我和李夢月同時被驚動了，轉頭望了過去。

才看了一眼，我倆立刻張大了嘴巴。

只見一輛車，一輛猶如行駛在海中大霧裡的船似的車，平穩的徑直往這邊駛來。

我使勁揉了揉眼睛，簡直不敢相信眼前的景象。那輛車，居然是一輛刷成了紅色的公車。車身老舊，表面的紅漆早已經斑駁不堪，車正面印有一個小小的「十八」。代表它屬於十八號公車。

這輛車，在這濃霧中行駛得極為流暢。

怎麼可能！我們明明位於五樓的頂樓，離地面可是足足有十五公尺高。什麼時候公車先進到可以擺脫地心引力了？

在我倆的震驚中，紅色老舊公車鳴了幾聲笛，然後緩緩的停在不遠處。車門發出吱呀的刺耳響聲後，向兩旁敞開。

公車門大開，猶如一張可怕的嘴，等待著食物自己走進去。

我好不容易才緩過神，想看清楚車裡究竟是什麼光景。但是視線一刺入車中，就彷彿蒙上了黑布，實在是什麼都看不清。

紅色的公車靜靜等待著我們上去。

我瞇著眼睛，猶豫了。

搭？還是不搭？

情況實在有點詭異，怎麼想，這輛車都絕對有問題。

最終還是三無女比較乾脆，也不知道她腦袋哪裡有問題，也不管我，徑直往前走，幾步就跨到了車上。我苦笑一下，只得跟在她屁股後邊，走了上去。

一上車，就彷彿進入了另一個時空。本來外界還算舒適的溫暖空氣被隔絕開，只剩下了撲面而來的陰冷。

冷風吹個不停，切割著我的臉部皮膚。

我的瞳孔猛地一縮後，視線這才恢復過來。只見神秘公車的內部比外部的狼狽模樣好了許多，至少還算乾淨。可令人不寒而慄的是，一排一排大紅的座椅緊緊釘在車底部，活像是一根根的鋼釘。

回想著公車的形狀，我頓時打了個寒顫。怎麼越想越覺得，這公車猶如一隻被幾十根圖釘刺穿的碩大的紅色噁心毛毛蟲？

公車裡一個人也沒有。

不，不對。

駕駛座上其實坐著一個穿著黑衣的司機，司機的額頭低垂，手平穩的握著排檔桿。他的帽子壓得很低，將整張臉都遮住了。

「喂，交錢。五毛一張票。」突然，從左邊冒出了一聲冷冰冰的女性聲音。我忐忑的心又被嚇得怦怦直跳。

那女人的聲音像是冥界傳來的一般，比三無女李夢月更加陰森。我順著聲音傳來的位置瞅過去，立刻看到了一個不到一百一的中年女人。那個女人明顯患有侏儒症，就連五官都顯得有些扭曲。

她從票箱裡俐落的扯下兩張票，吃力的舉起手準備遞給我，「喏，你和她，一共一元。」

「還真便宜，都說最近經濟不好，看來確實是真的。就連公車票價都跌了。」我咕噥著抽出一張百元鈔票放在她的錢箱裡。售票員看也沒看，將票和九十九塊錢捏成一團塞到我手心裡，然後就一聲不吭的坐回了售票椅上。

我胡亂將錢塞進口袋裡，心中的疑惑和驚訝越來越深。

李夢月坐在最靠後門的座位，頭側到窗戶那邊，出神的望著窗外。我小心翼翼的走過去，也看了窗外一眼。

隔著玻璃就是落日的晴天，西邊的火燒雲呈現猩紅色。透過絲絲雲朵的陽光，照在源西鎮的天空時，就變成了另一番複雜模樣。

滄桑的十八號公車猶如行駛在海中，被陽光追趕著，朝背對西側的東方一路開過去。車輪下是翻滾的濃霧，除了高於十五公尺的建築外，我幾乎什麼都看不到。濃霧遮擋了一切的視線。

探出頭來的半截建築，就像是一座座的孤島。而等我坐好時，才猛然發現，公車似乎循著一定的軌跡在行駛。

「妳發現了什麼沒有？」我坐到李夢月身旁，低聲問。

李夢月沒有回答，反而是冷冰冰的吐出兩個字：「你呢？」

「發現的東西太多，多到吐槽的力氣都沒有了。」我苦笑。

透過觀察，自己發現這輛看起來懸浮在十五公尺高空的公車，其實是在高架橋上行駛。只是被霧一遮，就顯得雲裡來霧裡去了。再仔細一想，冠宇大廈附近確實是有一座高架橋緊鄰著。

自己對這個城市不熟，但是許多臨山的城市，例如重慶等等，有好幾個公車站台都位於一定的海拔高度。在重慶待過的我，也經常體驗到「停靠在八樓的二號公車」是什麼情形。倒也不足為奇。

但是，這輛「停靠在五樓的十八號公車」，哪怕是行駛在高架橋上，也實在有太多令我疑惑不解的地方。

「說。」李夢月說的話簡潔明瞭，幸好我的理解能力夠強，很快就明白過來，她是讓我說來聽聽。

剛好車窗由於內外溫度差別而開始蒙霧了，我乾脆用手指在上邊一邊畫一邊解釋，「妳看，這輛車有許多我無法理解，甚至無法解釋的地方。首先是票價，五毛一張，而且沒有分段價格。這很不合理。現在早就廢除這種收費方式了。」

「第二，公車上居然還有售票員。現代的公車系統，早就變成自動售票。當然，除非一些偏遠地方的農村的合營公車。這輛車，顯然不屬於這一種。」我不停梳理著腦袋裡的疑問。

李夢月認真聽著，沒有表情。不過這三無女本來就是面癱，實在很難透過她的表情看出她內心的想法。但是顯然，她似乎有自己的看法。

「還有最詭異的地方，這輛公車的目的地，究竟是哪裡？為什麼在大霧裡，它居然還能運行。冠宇大廈附近確實有一座高架橋，但是我也沒看清它是怎麼從高架橋上拐到大廈頂樓的。究竟頂樓和高架橋之間有沒有通路，也需要存疑。」說著，我皺了皺眉頭。

「最後一點，公車站的站牌。冠宇大廈的頂樓肯定沒有。」我摸著下巴，「況且，現在這輛古怪的十八號公車，好像已經將所有冒出濃霧的建築物視為站牌了。」

話音剛落，一直都在朝一個方向行駛的公車突然拐了個彎。平穩的向前方離我們最近的一座冒出詭霧的建築行駛過去。

車發出刺耳難聽的剎車聲，最終，停在這棟大廈的五樓平臺上。

這棟不知名的大廈平台上，空空蕩蕩的，一個人也沒有。但是公車卻沒有繼續往前開，只是耐心等待著。

我看了窗外一會兒，突然朝李夢月問：「妳曾經說時悅穎家的博時教育公司，神秘的死了好幾個學生。而死亡前，都遇到某種白色的濃霧，濃霧裡全是糾纏的紅線，對吧？」

李夢月點頭。

「妳認為，那種濃霧，和我們腳下籠罩了整個城市的霧，會不會是同一種東西？」我又問。

三無女回答：「或許。」

「所以說，整個城市的人，都會遭到濃霧中的紅線襲擊，最終死掉？」我眨巴了下眼睛，總覺得這個判斷有些讓人難以接受。似乎，腳底下的濃霧，有些不太對勁兒，還有這輛開在霧氣上的公車。

它一直在高架橋上開。可是究竟是什麼高架橋，都開了那麼久了，卻仍舊沒有往下行的跡象，始終保持在十五公尺的高度，令公車保持輪子沾霧的狀態？

事情，簡直是越來越詭異了！

車停下等了大約十來分鐘，終於有個壯碩的男人跌跌撞撞的打開頂樓門衝了出來。敞開的門中，無數糾纏的紅線，蟲子般扭曲，拚命的想要逮住他。

男人用力將門合攏鎖起來，詫異的看了老舊的十八號公車一眼，他似乎在疑惑這裡怎麼會冒出一輛車來？可現實容不得這個人多猶豫。他最終喘著粗氣，以最快的速度跑進了公車中。

「媽的，簡直是見鬼了。那些紅線究竟是怎麼回事？」他滿頭大汗，用力將貼身的高檔襯衫的衣領一把扯開，不停用手朝衣領裡搧風。

搧了一會兒，就被車內陰冷的空氣刺激得打了個大噴嚏。

侏儒售票員走了過去，用陰森森的聲音道：「買票，一張五毛。」

說完扯了一張票遞給那男子。

「我靠，還真的是公車。本來還以為哪個混蛋將一輛廢車扔在老子公司的頂樓上了。」男子罵罵咧咧的抽出一張一百的扔給售票員，「不用找了。這車終點站是哪？」

女售票員沒回答他，仍舊找了他九九塊五毛，並順手指了指貼在公車中間的站牌表。示意他自己用眼睛看。

我眨巴著眼睛，暗罵自己笨。公車本來就印有站牌表的。我立刻將視線投射過去，可是一看之下，頓時傻了眼。

跟我一起傻眼的還有那個三十多歲的男性。他破口大罵：「妳這車破成這模樣，居然還敢上路行駛？媽的，站牌表都模糊到看不清了。」

女售票員看都沒看他一眼，就坐在售票專座上，短小的兩條腿猶如紙片般晃蕩著。看得人心裡發悚。

也許是也察覺到有些不太對勁兒，男子轉身想要離開。可是卻發現車門不知什麼時候已經關閉了，車微微一搖晃，往前行駛起來。

「開門，老子要下車。」男子衝著司機喊道。

司機根本就不理人，自顧自的開車。

「我說，你他媽……」罵人的話剛罵到一半，男子突然像是想起了什麼可怕的事情，生生將後邊更難聽的話給嚥了下去。

他尷尬的往後退了好幾步，這才摸到一排座椅，安靜坐了下來。

然後他的視線開始到處打量，最終落到了我跟李夢月身上。

不多時，車已經行駛回濃霧裡。太陽也已經落入了西邊的山澗，將最後一絲餘暉消耗殆盡。傍晚的夜色，逐漸籠罩向大地。

可是籠罩整個城市的霧霾，始終未散。

男子看了車外幾眼，神秘兮兮的一步一步的偷偷挪動著，好半天才挪到我身旁的那排座位邊上。

「這位小兄弟，美女。嘿嘿，認識一下哈。哥子叫沈思。也算是源西鎮不大不小的名人。」男子露出標準的公關笑容，伸出手，「兄弟叫什麼名字？」

我搖搖頭，完全沒和他握手的興趣，也沒理他。

這個叫沈思的男人臉色越發的尷尬，最終冷笑一下，縮回座位裡再次不吭聲了。

沉默在車廂裡蔓延，伴隨著越發冰冷的空氣。整輛公車猶如一隻被某種神秘力量拖著走的死蟲子。

「這個男人，妳知道是誰嗎？」我冷眼看了沈思幾眼後，壓低聲音對李夢月說。

李夢月面無表情，「你，對他，有敵意。」

「有敵意嗎？或許吧。」我乾笑兩聲，「這傢伙，就是圖譜教育的老闆。據說和時悅穎見過一次面後，就對她心生愛慕，死纏爛打至今。每次時悅穎回到源西鎮，總能看到他如同聞到腥臭的蒼蠅般飛過來，無時無刻不圍繞著她轉。甚至有一次還試圖從博時教育的通風系統上爬進時悅穎位於七樓的臥室。」

李夢月臉上有些詫異劃過，「他，據說，失蹤了。」

「不錯。據說失蹤一個多禮拜了。沒想到居然一直都窩在自己的辦公大樓裡。怪了，以他的習性，明明知道時悅穎回源西鎮了，居然沒來騷擾她。甚至不清楚我的存在。」我同樣也疑惑起來，「還真是怪了，難道這一個禮拜中，發生了某些他脫不開身，甚至無法離開那棟辦公大樓的事？」

聽了我的猜測，李夢月似乎費力的在想些什麼。我也不再言語，靜靜思索。

公車就這麼行駛了十多分鐘後，再次在一棟建築的頂樓，停了下來。

剛一停穩，我就看到一男一女兩個年輕人慌慌張張的從樓下衝入了頂樓。由於靠得比較近，自己甚至能看到通往頂樓的那扇門內發生了驚人的一幕。

白霧沉浮在十五公尺的高度以下，如同水般漫過了倒數第二個台階。霧中一大堆紅線靈巧的追逐著他們倆，眼看就快要逮住這對男女了。男人還算機靈，用手中的椅子腿用力將竄過來的紅線打開。

紅線如蛇般糾纏在椅子腿上，用力一扯，就將椅腿扯進了霧氣裡，再也沒有蹤跡。

趁著這會兒工夫，兩個年輕人拚命的往前跑。後邊的紅線立刻飛撲上去，雖然這些線似乎真的擁有生命似的，但脫離了白霧，便如同沒了水的魚，失去了力量，隨即就掉回霧中。

兩個人累到不行，絕望的到處瞅。突然，女人看到了那輛斑駁的紅色十八號公車，頓時愣了。

「這裡，怎麼會有公車？」女人愣愣的道。

男人慌忙扯著女人就跑，「管那麼多幹嘛，先上去再說。那些該死的紅線又要追過來了！」

白霧中的紅線正在積蓄力量，許多紅線糾纏成了手臂粗的麻花，再一次從霧氣裡飛撲出來。

一男一女前腳剛上車，後腳紅線就追到了。

十八號公車的門關閉得迅速及時，紅繩猛地撞在車門上，將整輛車撞得劇烈搖晃。車沒再多等，悄無聲息的往前行駛而去。失去了目標的紅線在頂樓軟趴趴的垂下，緩緩的縮回霧中，再次詭異的消失了。

車輪下翻滾的迷霧，帶著令人驚悚的姿態，陷入了死寂裡。

這對男女上車後，看到了我、李夢月以及沈思，大為意外。

「哇，車上居然真有人。」女人大約二十七八歲，男人的年齡和她相仿。一看清車內的情況，女人立刻嚷嚷起來：「這實在太詭異了。」

沉默寡言、詭異無比的侏儒售票員冷冰冰的收了車票錢後，繼續一聲不吭。

男子拉著女人擠到車後邊，開始跟我們套起關係，「兄弟，我叫周成，她是我的女朋友風雅。話說，兄弟你知道城裡究竟發生了什麼事。那些該死的紅線是哪來的？還有，還有，這輛公車，又是怎麼回事？」

「叫我小奇好了。我身旁這位冰山美女，叫李夢月。」我苦笑著摸了摸鼻子，「雖然我們比較早上車。不過兄弟，別問我了。我也是一頭霧水。」

他的女朋友，那個叫做風雅的女人卻不停打量著這輛老舊公車。越是瞧，臉上的恐懼越是明顯。最終，說了一句令整車人都驚訝的話，「白霧和紅線我不清楚。但是這輛公車，說不定我知道些什麼。」

「真的？」這番話說得就連她的男友周成也大為意外，「妳真的知道？」

我皺了皺眉頭，看著她，「這輛公車，究竟是什麼？」

「我也是剛想起來的。親愛的，你也知道我喜歡看恐怖小說對吧？而且有一段時間迷上了都市傳說。源西鎮是個小地方，傳說很少。但是唯獨有一個恐怖傳言流傳得很廣，許多人都聽過。你肯定也知道。」風雅打了個寒顫，似乎很害怕。

「妳是說？」周成像是想起了什麼，結結巴巴的說：「十八號、紅色。我們剛剛應該是在五樓的樓頂？不錯，確實和那個傳說挺相似的。」

「什麼傳說？」看他們神神秘秘的模樣，我越發好奇了。

「停靠在五樓的十八號公車傳說。」風雅聲音在發抖，「你們沒有人發現，現在源西鎮的公車編號裡，從十七號公車直接跨到了十九號。居然沒有十八號嗎？」

我搖了搖頭，自己不是本地人，當然不可能知道。

但是圖譜教育的老總沈思臉色也變得挺糟糕的。

「其實原本是有十八號公車的。只是因為那輛車上曾經發生過一件極為恐怖詭異可怕的事，以至於源西鎮的公車集團公司直接將這個號碼取消了。」

「記得，那個故事，發生在二十年前……」

# 第二章　鬼公車

一九九五年九月二十日，夜。

夜已經深了，風也很大。

一輛公共汽車緩緩駛出源西鎮公車總站，慢慢地停靠在冠宇大廈五樓的車站旁。這是當晚的末班車。

車上有一位年齡偏大的司機和一名女售票員，售票員是侏儒，個頭不足一百一。車門悄無聲息的打開後，上來四位乘客。

一對年輕夫婦和一位年紀老邁的老太太，其中還有一個年輕的小夥子。這個小夥子，名叫張栩。他們上車後，年輕夫婦親密地坐在司機後方的雙排座上，張栩和老太太則一前一後的坐在右側靠近前門的單排座上。

車悄無聲息的開動了，朝終點站的方向開去。

夜色極為沉靜，耳畔除了引擎的轟鳴聲，什麼也聽不到。那段路很黑，由於是開往郊縣，所以路上幾乎看不到過往的車輛和行人。

九月的源西鎮不算寒冷，但是，那夜的車內，卻莫名其妙的因為內外溫差，起了一層薄霜。張栩不由得裹了裹外套，打了個寒顫。

車繼續前進著，大概過了兩站。大家突然聽到司機大聲破口開罵：「媽的，這個時間平時連個鬼影都看不到。今天還真給我見鬼了！那些人是不是才辦完喪事，怎麼穿成那樣。居然還不守規矩，不在車站等車。」

二十多年前的公車還沒有太多標準規範，許多開夜車的司機因為太晚了想要回家，經常在偏僻的站點過站不停，呼嘯而過。

隨著司機的怒罵，車上昏昏欲睡的人這才看到，一百多公尺外黑漆漆的站台前，零零散散的站著許多穿著白色衣服，手腕上戴著黑色孝帕的人。

那些人不停朝十八號公車招手。

司機覺得晦氣，本來準備踩油門衝過去的。侏儒售票員有些心軟，「張司機，還是停一下吧。今晚挺冷的，而且我們這是最後一班車了。那些人家裡剛有人過世，也不容易。」

「唉，聽妳的。」司機皺了皺眉頭，老覺得有些不妥當。但最終還是怕售票員回公司告他的狀。

輕踩剎車，破爛的有著二十年車齡的公車發出「吱嘎」的難聽響聲，緩緩停住了。

那些沒有在公車站台等的人隨著車門開啟，三三兩兩魚貫走了進來。每個人都穿著白衣服，手臂上套著黑色孝帕。如果這還算正常的話，等進來第十二個人時，車上所有乘客都嚇了一大跳。

只見那第十二個人穿著黑色喪服，在夜色裡很難看清身形。他慢吞吞的，在車門前瞅了瞅，這才向車外招了招手。

外面頓時傳來一陣細碎的腳步聲，彷彿是有人抬著沉重的物體踏上了公車的腳踏板。

「這是什麼玩意兒？」其中一個乘客眼尖，聲音顫抖的問。

幾秒鐘後，其他人也都看到了恐怖的一幕。從車外走進來了三個人。不！確切的說是兩個人。兩個活人的中間架著一個披頭散髮的人形物。

那個人形物體穿著清朝官服模樣的長袍，長袍很老舊，似乎在地裡埋了許久後又被挖了出來。一上車，車上每個乘客都能聞到一股腐爛的味道。

被架著的人，腦袋上套著一個麻布袋。只剩下雜亂不堪、亂七八糟的長髮留在外邊。悚人得很。怎麼看，都覺得應該是一具屍體！

不光乘客嚇到了，司機嚇到了，就連侏儒售票員也被嚇得不輕。她努力穩定情緒，好不容易才開口道：「喂，說你們。哪個是能說上話的？公司規定屍體不能上公共交通工具！」

當前一個穿白衣的人揮了揮手中的票，意思是他為所有人都買票了。就連那具屍體的票也買了。買了票就是乘客，不能下車。

那些人實在很詭異，侏儒售票員也不敢多說，連忙讓司機開車。

一行十五人，各自找位子坐下。抬著屍體的兩人，就坐在年輕人張栩的身邊。張栩頓時覺得周圍的味道極為嗆鼻，連忙向後排座位縮去。

車上的乘客和他一個德行，全都擁擠到了車尾處。

司機用力的踩油門，他怕得要死。幾十年的老司機了，夜車也不知道開了多少趟，唯有今夜，他有種想要提前退休的衝動。

該死，趁早送這些傢伙去目的地。十多個沉默不語的人，一具看起來已經腐爛的屍體。用膝蓋想，都覺得這件事有些不太對勁兒。

車上的乘客本來有的睡覺有的聊天，可是自從這些怪人上車後，都沒人再開腔。車內，陷入撥不開的死寂中。幸好，那些怪人並沒有其他更古怪的舉動。

許多人的視線都斜著，有意無意的朝屍體瞅。那具屍體隨著車身行駛的跌宕而起伏不定，猶如紙紮的一般，可偏偏重量不輕。它身下的座椅便是證明，一直在隨著它的動彈而呻吟不止。

售票員見司機開車速度越來越快，車上乘客的情緒也不太穩定，連忙開口穩住大家：「都不要怕了，你看他們，穿的似乎不是孝服。而且附近有一個電影拍攝基地，這些人或許是在那裡拍古裝戲的。大概下戲後酒喝得有些多，戲服都沒來得及換。」

許多人聽她這麼一說，仔細一想，覺得可能真是那麼一回事。

車上的腐爛味道，多聞幾下，確實也有點像是酒和菜混合後，打嗝出來的氣味。

那具屍體，說不定也是什麼道具一類的東西。

何況源西鎮人口不算多，大家也都是本地人，從來沒有聽說過人死了還要挖出來的風俗。

許多人安下了心，就連張栩都覺得售票員說的很有道理。只有那位老太太不斷的扭頭，神情嚴肅地看著坐在車最前端的兩個人，以及那一具屍體。

車繼續往前行駛！

大概又過了三四站點，一路上公車都算平靜。

車外的風越發的大起來，吹得公路兩側的樹「唰唰唰」的不停搖晃。

見那些人沒有異常後，售票員鬆了一口氣，開始和司機有一搭沒一搭的聊起天。其間路過的站點，司機都刻意規規矩矩的停了下來，希望那些瘟神趕緊下車。

可白衣人依舊待在車上，絲毫沒有到站下車的跡象。

在離終點站還剩下五站時，那位年邁的老太太突然站起身子，並且發瘋似地對著坐在離她不遠處的張栩伸出手，狠狠打了他一巴掌，這巴掌直接把張栩給打矇了。

「臭小子，看你年紀輕輕的居然不學好，我的錢包不見了。被你偷了是不是？」老太太惡狠狠的說。

張栩呆呆的連忙擺手，「我沒有偷妳錢包。」

「還不承認，我明明看到是你偷的。就是這隻手！」老太太一把拽住了他的左手，死都不放開，「我親眼看到你把這隻手伸進我的袋子裡，把錢包偷走了。快，把錢包還給我！」

張栩急了，「大媽，我真沒偷妳錢包。妳這麼一大把年紀了，怎麼能血口噴人呢？」

老太太沒再多說話，只是用兩隻眼珠子怒瞪他，抓著他的手猶如鐵爪子，死活不放開。

愛看熱鬧是人的本性，他們鬧出來的動靜將整輛車都驚動了。連司機和侏儒售票員都望了過來。

只有那些帶著屍體上車的白衣人們，仍舊呆愣愣的自顧自坐著，似乎車上的動靜一丁點都沒有聽到。

「你們是怎麼回事？」售票員擠了過來，「小夥子，你真偷了錢包？看你相貌堂堂的，也不像這種人啊！」

「我沒偷！」張栩硬著脖子，滿臉通紅。

「偷沒偷不是你空口白話說了算的。要講證據，證據你懂嗎？」老太太冷哼道，「下一站你跟我下去，那裡有個警局。我們到警局評理去！」

張栩一瞪眼，「去就去，當我怕妳啊。」

就這樣鬧嚷嚷的，車在下一站停了下來。

老太太不依不饒的抓著張栩的手，使勁兒的將他拉下了車。

自始至終，那些白衣人都沒有看過他們一眼，彷彿睡著了似的。

剛下了車，看著十八號公車越行越遠的背影，老太太這才長吁了一口氣。腳發抖得厲害。

「不是說要去警局嗎？走啊！」張栩不耐煩的問：「怪了，我本地人都不知道這裡有什麼警局？」

「什麼警局不警局，小夥子，你腦袋真秀逗了？荒郊野嶺的，哪裡來的警察局。」老太太一頭冷汗，嘆了口氣，「還不謝謝我，我這是在救你的命啊。」

「妳誣賴我偷妳錢包，還要我謝謝妳。世上哪有這種道理？」張栩瞪著她，沒好氣的說：「居然還說是在救我的命！我好好的，哪需要妳來救？」

「我是真救了你。剛才那些上車的白衣人，根本不是人！」

「無稽之談，他們不是人，難道還能是鬼？」張栩冷笑道。

「恐怕，也不能算是鬼。」老太太全身抖了抖，「小夥子，你要不相信也可以，但是聽我把話說完。那些人，真的有問題。從他們一上車我就懷疑了！所以我不斷偷看他們。」

老太太說話的聲音也抖得厲害，似乎極為驚恐，「說來也巧，可能是因為從窗戶吹進的風，讓我看到了一切。風把那些穿著孝袍的人下身衣襬吹了起來，那些人啊，他們根本就沒有腿！」

第二天，源西公車總站報了案。說昨天晚上有一輛十八號公車失蹤了。跟車一起失蹤的，還有許多乘客。

直到幾個月後，警方這才在距離源西鎮一百多公里的水庫附近找到了失蹤的公車，並在公車內發現幾十具早已嚴重腐爛的屍體。

公車確實是找到了，但是令人不解的疑點接踵而來。

首先，公車的油，還剩了一大半。根據專家推測，十八號公車出來時並沒有加油，那就意味著，它經過冠宇大廈五樓的站點後不久，便沒有繼續行駛了。可一輛沒有行駛的車，究竟是怎麼自己跑到一百多公里外的水庫的呢？

警方十分疑惑，將油箱打開一看。所有人都大吃一驚，車油箱中的液體，根本就不是油，而是血。人類的血。

第二，車中的屍體，雖然嚴重腐爛。但是所有人都沒有外傷，法醫檢查來檢查去，也查不出具體的死因。最後的判斷，只能說所有人疑似在生前受到了極大的驚嚇，換言之，是嚇死的。

源西鎮公車總站為了追悼失蹤的乘客，也是為了安全警示作用。決定在鎮公共運輸系統中永遠停用「十八號」這個編號。

「這起離奇事件在當時甚至驚動了省，許多報紙和媒體都在瘋狂報導。不信的話可以去問一問源西鎮的老人們，他們都很清楚，而且能講得頭頭是道。」風雅舔了舔嘴唇，遍體生寒的將這個故事講完。

我摳了摳耳朵，怪了，這故事的模式怎麼有些熟悉。而且故事情節，也依稀在哪裡聽說過。還沒等自己開口，風雅的男朋友卻第一時間反駁她。

「不對不對，我聽到的完全是另一個版本。妳講的全是道聽塗說來的，是假的。」周成用力擺著手。

我看了一眼窗外，車外的濃霧仍舊翻滾不息，完全沒有停歇的跡象。公車的車燈劃破黑暗，猶如肥碩的蟲子在漆黑的奶油中艱難爬行。

「你說你女友的故事是假的，難道這十八號公車的事，還有別的版本？」我揉了揉太陽穴，總覺得似乎哪裡有些不對勁兒。

「當然有！」周成咳嗽了一聲，開始講述起自己知道的東西來。

「當初的源西十八號公車案，本來鬧得並不算太大。可是這個事情在近年因為網路的力量，被傳得到處都是，所以變成了都市怪談。也因為太熟悉，再加上網路平台獨有的以訛傳訛的特色，一時間出現了大量不同的版本。風雅，妳講的那個就是版本的其中之一。但所有版本都有一個問題，那便是在細節上，沒有一個是完全真實的。」

周成在黑暗的車廂中緩緩道：「十八號公車案，發生的時間段究竟是不是九五年，老實說，大部分人都不記得了。不過我因為那會還在念小學，而且曾經住過公車公司的家屬區，而那件事又鬧得人心惶惶，所以反而還記得很清楚。」

「具體時間，應該是在九三年左右。本來源西鎮公車集團怕擔責任，還想要將車輛和人員失蹤案壓下去的。但是等地方電視台播出後，引起了轟動。這才無奈的通報。」

「那時候大家家裡都不富裕，私人轎車很少。所有人上班上學以及外出都基本上靠公車系統以及騎自行車。十八號公車案鬧出來後，人心惶惶，源西鎮甚至周邊許多區縣市民都一時間不敢坐車了。」

周成說到這裡，頓了頓，「不過，我還是聽到過一個版本。這個版本，恐怕是最接近真實故事的版本。當初十八號公車從源西鎮公車總站開出去後，會途經冠宇大廈五樓的站台。然後開往終點站，但是之後由於十八號公車的編號取消了，就連從前的路線也一併取消，所以很少有人記得那輛車的終點站究竟是哪裡。」

「其實，那輛公車的終點站，才是失蹤案件的核心所在。也是事故為什麼會發生的原因。」

而公車，也不是在什麼水庫找到的。它被發現時，是在離終點站幾公里外的一個山林中，那地方，幾乎屬於山的後山腰。最怪的是，山上並沒有任何道路，相當於絕對的蠻荒叢林。以十八號公車的大小，根本不可能穿過那麼深的密林。

何況，警方也沒有在公車的穿行路徑上，找到有車輛行駛過的痕跡。沒有人清楚，它是怎麼出現在那兒的！

至於車上的乘客、司機以及售票員，他們也不是全死了。而是失蹤了。警方發現車時，車上根本就空無一人。

至今，幾十名乘客、司機和售票員，也沒有被找到。」

周成舔了舔嘴唇，「拋開靈異部分，當初公車公司的一位伯伯曾經分析過，那輛失蹤的十八號公車，確實只有中途兩個下車的人生還。一個是老太太，一個是叫做張栩的青年。

那輛車開到中途時，也確實有十幾個穿著白色衣服的人上車。要知道，其實那地方有個監獄。那些人都是越獄的罪犯。罪犯們逃獄後，在一家辦喪事的人家中偷了孝服換掉了囚服。而最後兩個穿黑衣，架著一具像是屍體的傢伙，也是逃犯。至於，那具所謂的屍體，是被逃犯打暈過去的獄警。」

「十八號公車的終點站很偏僻，逃犯想要藉著荒山野嶺的掩護逃到國外去。而那個暈過去的獄警，是他們手中的籌碼。逃犯們心想，一旦被發現，正好將獄警當作人質。中途那個老太太看出了端倪，害怕了。以為昏倒的獄警以及那些白衣人都是鬼，她心腸雖然好，但是也怕打草驚蛇，只好抱著救一個算一個的想法，扯著叫張栩的青年下車。」

「那些車上的逃犯也是怕被人發現異常，沒有阻攔他們。可是公車繼續往前開時，不知道其間發生了什麼事。或許是有人發現了逃犯的真實身分，於是逃犯們劫持了整輛車，將所有人挾持為人質。所以警方最後找到車時，才會發現車內空無一人。」

「據說那些乘客，可能早就被逃犯殺掉埋在源西鎮外山的山溝裡，早已經找不到屍體了。也有的人被逃犯賣掉，作為逃往國外的盤纏。總之雖然十八號公車案至今還有許多難以解釋的疑點，但絕對不是什麼靈異事件，而是一起刑事案件！」

周成明顯不善於講故事，他囉哩囉嗦、結結巴巴的講完自己知道的版本後，眾人陷入了一陣沉思中。

兩個截然不同的版本，一個靈異恐怖，一個卻有條有理。我又用力的揉了揉太陽穴，不知道該參考哪一個比較好。現在我們乘坐的十八號公車，難道就是二十多年前發生事故的那一輛？

聽起來，很像。畢竟有許多小細節都是一個樣的。車中有中年男性司機，也有個侏儒女性售票員。侏儒是一種先天性疾病，其實患病的人並不多。源西鎮人口沒多少，得侏儒病的人更少。而是侏儒，又是售票員的機率，有多少呢？

我瞇了瞇眼睛，無論如何，這輛車和二十多年前發生慘案的十八號公車，肯定有關聯。

但是為什麼，二十多年前失蹤的其中兩人，會在白霧中出現在源西鎮呢？他們到底是人，還是鬼？

就在所有人都沉默的時候，一直沒說話，面無表情的沈思，開口了。

# 第三章　鬼車驚變

根據莫非定律，凡事只要有變壞的可能，就一定會變壞。

雖然莫非定律只是一種假說，但放在生活中，卻往往會變成準則。舉個例子，假如我出門恰巧忘了帶午飯吃的便當，午休時只得從公司騎單車回家吃便當，可自行車卻偏偏在半路爆胎，最後當我費盡千辛萬苦推著車回到家，大汗淋漓饑腸轆轆的時候，竟然發現女朋友正在臥室和我最好的哥們做愛做的事情。

面對此情此景，我很有可能拿起刀將這兩個姦夫淫婦殺掉，埋進後花園的土中。之後我很可能被機智的警察抓住，最終被判無期徒刑。

你看，這就是莫非定律。

我坐在詭異破舊的十八號公車上，一邊聽風雅以及周成兩個人講二十多年前的故事，一邊在腦袋裡想著莫非定律的準則。總覺得事情會真的朝越來越極端、恐怖以及糟糕的方向發展。

自己雖然失憶了，但是大腦裡許多亂七八糟、龐大到難以想像的知識依然能夠隨著需要調用。這令我越發對失憶前的自己好奇起來。

當初的我是什麼人？我到底經歷過什麼，逼得一個不過二十多歲的年輕人，居然去學習那麼多雜七雜八的知識？

可最在意的，還是要屬風雅以及周成兩人講的故事。這兩個故事，不知為何，我越聽越耳熟。

想來想去都沒有頭緒，腦袋裡的東西亂麻的糾結在一起。我用力搖了搖頭，轉動臉，再次看向窗外的白色霧氣。

天空已經黑盡，公車猶如在漆黑大海中行駛的小船，平穩向前。視線裡早已沒有了高樓大廈，甚至看不到任何建築物。

車恐怕已離開了源西鎮的範圍，但是究竟朝著哪個方向在前進？終點站在哪兒？我完全沒有頭緒。恐怕坐在車上的其餘四人，也十分迷茫吧。

不，不對！

如果真有一個人知道的話，那個人，可能就是圖譜教育的老總，沈思。這個三十多歲的青年白手起家，創立了和時家姐妹的教育公司齊名的，圖譜教育。最近幾年甚至將時悅穎的公司打壓得喘不過氣來。

這個男人能有如此大的成就，自然有他的手段。但是他自從上車和我搭訕後，就沒有再說過任何一句話。雖然他一直保持沉默，但我卻在他臉上看出了一絲不自然來。而且，風雅和周成在和我們聊天時，曾經提及一個人。

不錯。就是兩人故事裡都提到過的關鍵人物，張栩。每每提及他，沈思的臉色都會猛然間大變，彷彿想到什麼可怕的東西。

所以當他忍不住，主動開口時，我第一時間望了過去。

「關於這個故事，我也知道一個版本。和你們的都不一樣。」沈思猶豫再三，才決定說出來，「本來我是不想說的。因為這個版本太不可思議了。但現在老子完全不知道源西鎮出了什麼事，而且大家現在已經成了一根繩子上的蚱蜢。」

說著，他突然看了我一眼，「老子曉得，這裡可能有些人對我似乎有些意見。雖然我也不怎麼認識他，也不清楚這些偏見是從哪裡來的。不過，我們現在必須團結在一起，把知道的訊息全部說出來彙整一番。否則，這輛鬼車開到終點站的那一刻，就是我們所有人斃命之時！」

他的話剛一出口，周成和風雅就被嚇到了。

而我也稍稍有些驚訝。看來自己猜測得沒錯，這個傢伙果然知道些內情。作為一個教育公司的老總，年輕的成功人士。不得不說，他的話極有煽動力。第一句是強調，第二句是針對我的主動和解。

第三句，就是對全車人的警告。

「到了終點站，我們就會死？這、這怎麼可能？」女孩風雅打了個哆嗦。

周成倒是認出了沈思，「你是圖譜教育的沈思？我認得你，你經常上地方電視台。名人啊。我說大名人，你究竟知道些什麼？」

「什麼名人不名人，現在咱們都是一條船上的，船翻了，一樣一起死。」沈思苦笑著搖了搖頭，「不說這些了。我還是講講我知道的吧。你們也知道，我開了一家小教育公司。」

「你的教育公司在源西鎮很有名啊，這還小？」周成明顯有些崇拜沈思。

沈思有些得意，不過這個人自我控制能力很強，很快就將話題轉了回來，「恐怕，大家都想知道，這輛十八號公車是怎麼回事，對吧？還有，我為什麼知道車到終點站，我們就會斃命？其實很簡單，我們圖譜教育有幾個學生，就陰錯陽差的上過這輛車。但是只有一個人回來。」

「她的名字叫，趙麗雲。」

沈思嘴巴動了幾下，正想將知道的東西說出來。就在這時，背對著司機以及售票員，將手撐在座位靠背上的周成，突然目瞪口呆的指著車尾部。他被嚇得全身哆嗦著，好半天都緩不過氣來。

「你怎麼了？」風雅推了推自己的男友。

周成結巴著，終於憋出一句話：「你們看，霧裡似乎有什麼東西？」

「霧裡不是有那些紅線蟲一般的玩意兒嗎？還能有啥？在這輛車上，我們至少是安全的。」風雅不以為然的轉頭向後望。之後，就被恐懼吞噬，整個人都石化了。

嗅出異常的我和李夢月，皺著眉頭，也向車後望了過去。只看了一眼，我就驚呆了。這、這怎麼可能！

剛剛還濃密的霧氣已經轉淡，不知從何時起，十八號公車已經從空中降下，行駛在馬路上。是真正的馬路！馬路旁的樹木在風中搖擺，薄霧卻沒有被風吹散，依然翻滾不息。但至少，能夠看清楚周圍數十公尺範圍的景象了。

迷霧裡的無數紅線，也失去了蹤跡。

這明顯是一條鄉級公路，雙向兩車道，不是太寬闊。公車在路上開，可我始終感覺不到輪子有接觸地面的摩擦感，仍舊像是飄在空氣裡。

不過，這些都不是令我震驚的地方。

最可怕的是，遠遠的，在十八號公車尾部十多公尺外的地方，有團黑色的陰影。根據物理定律，如果在運動的物體周圍有這麼一個不能作為參照物的物體，它始終保持著同樣的大小。那麼，它一定是在以相對的速度，和運動物體一起運動著。

光是這麼想，一滴冷汗，就從我的額頭上滑落了下來。

如果將路邊飛速後退的樹作為參照物的話，這輛十八號鬼公車，至少是以時速一百多公里在向前運動，而那團黑影卻能一直跟在車後邊。也就意味著，它，也同樣在動。

而且，還比公車的速度更快。在我觀察的幾秒鐘時間內，黑影已經逼近了過來，逐漸能夠看清楚輪廓了。

那竟然是一個人影。一個披頭散髮的女人身影。那女人手裡好像抱著一個罐子似的物體，在漆黑的夜中，明明是漆黑的。可我們的眼睛偏偏能十分清晰的觀察到她的一舉一動。

怎麼回事！今天怎麼盡遇到一些違反物理法則的鬼東西。

該死的，這世上可沒有任何女人能夠跑出時速一百公里。哪怕是陷入戀愛中的女性！

車上所有人都臉色發白，我們不由得靠攏在一起，視線緊張、一眨不眨的望著那飛速奔跑的恐怖女子。

近了，越來越近了。

女人的雙腳邁動得不算快，可她偏偏能追上高速運轉的公車。她手裡果然抱著一個酒罈子，那個酒罈，我越看越覺得眼熟。女人穿著老舊的紅色襖子，頭髮隨風擺動，在空氣裡亂飛，猶如無數條激流中亂竄的蛇。

這女人，絕對不可能是人類！

我飛速的在大腦中計算著她追上公車的時間，絕望的得出了五分鐘這個結果。

「沈思，你剛剛說，公車到終點站的時候，就是我們所有人斃命之時。」我瞇著眼睛，突然問沈思，「可這輛車的終點站，究竟在哪裡？」

沈思搖了搖頭，「我不清楚。但是我卻知道這輛十八號公車的到站準確時間。」

他的回答令我很意外。一個人既然不知道終點站在哪兒，又怎麼可能清楚到站的準確時間呢？以前時悅穎家創辦的博時教育裡，御姐總監茜茜曾經告訴我，沈思一直喜歡時悅穎，挖空心思費盡手段的想要得到她。

（詳見《夜不語詭秘檔案702：紅線。》）

可是這次時悅穎回源西鎮。沈思卻意外的沒出現過，甚至失蹤了一個禮拜。我當初就猜測他身上或許發生了某件糟糕到什麼都無法顧及的事。現在想來，說不定他遇到的東西，恐怕就和這輛十八號公車有關。

嗯，不是有可能，而是極有可能。

否則，對於我剛剛的問題，他不會回答得那麼古怪卻肯定。

「這輛車什麼時候到終點站？」我嚥下一口唾液。

「午夜十一點十五分。」沈思想也沒想，立刻就回答了。

這個傢伙，絕對調查過這輛鬼車的情況。甚至清楚許多我們都不知道的內情！我艱難的掏出手機，低頭看了一眼。

冰冷的螢幕散發著不柔和的刺眼光亮，上頭顯示著一串數字。

午夜十一點十分。

如果沈思的話沒有錯，那麼在五分鐘後，十八號公車就會停下來。而也是在五分鐘後，那個鬼一般高速奔跑的女人，就會追上公車。

兩個時間重合在了一起。

我頭皮頓時一陣發麻，心裡一個可怕的想法湧了上來。好一會兒，才苦澀的笑了笑，「各位，恐怕沈思所謂的到達終點站的時間，並不是真的因為車到達了終點站。」

「啥意思啊？」周成等人的腦袋一時沒轉過來。

「或許午夜十一點十五分，其實是二十多年前，這輛十八號公車帶著所有人神秘失蹤的時間……」

話音剛落，所有人都愣了愣。

風雅被刺激得一把拽住了沈思的衣領，「大名人，你到底知道什麼？難道我們五分鐘後，真的全都會死？」

「或許吧。」沈思一臉怕得要死，可我總覺得，他在隱瞞什麼。

「現在說什麼都晚了，於事無補。我們也沒有時間聽沈思講他知道的東西。」我眉頭緊皺，視線從那車後方，不斷接近的女人身上轉移開。用手習慣性的敲著扶手：「肯定有什麼，是我們忽略掉的。」

「這輛二十多年前失蹤的十八號公車，為什麼會在白色霧氣籠罩全城的時候出現在源西鎮？源西鎮中湧出的白霧，以及那些如同有生命般的紅線又是什麼？它們三者之間，到底有沒有關聯？」

說到這裡，我猛地搖了搖腦袋，「為什麼只有我們五個人上了公車？我不信源西鎮幾十萬人，只有我們五人逃了出來。況且比白霧高的建築物還有許多，可這輛鬼公車只在其中三棟建築物停下來，接你們上車……」

「這麼一說，我們之所以上車，說不定也有某種規律，或者是一種必然。甚至我們五人之間，有一定的關聯和相同點！」我的視線，緩緩在所有人身上走了一圈。

驚恐的眾人因為我的話，而同樣思索起來。但是想來想去，只產生更多的疑惑。

「我們之間，怎麼可能有關聯？」周成指著自己的臉，「我和風雅確實是源西鎮的人，很普通的本地人。兩個人在一年前完全沒有交集，之所以認識，也是透過網路相遇的。而沈思，大名人，有錢人。他不可能認識我們，我們也高攀不起他。而你和那位冰冷大美女，我們更加不認識。」

我指了指李夢月，又指了指自己，「我和這位三無女，倒是有一個共同點。便是都失憶了！至於你們三人，我確實不認識。哪怕從前認識，現在也不可能認出來。因為，畢竟我失憶了。」

五分鐘的死亡倒數，在五個人的囉嗦中，很快就過去了三分鐘。沒有人能理出頭緒來。突然，我眼前一亮，「不，不對！如果非要說有什麼問題的話，最大的問題，應該是在車上。」

說完，我猛地站起身，朝公車上一直沉默得猶如死人般坐著的公車司機以及侏儒售票員走了過去。

哪怕是車後的鬼女不斷接近，這兩個人也沒有動彈，彷彿根本什麼也看不到。在風雅以及周成的故事中，這兩個人在二十多年前，和車上所有乘客一起失蹤了。但是，為什麼唯獨只有他們兩人跨越了時間和空間，再次與十八號公車一起出現在了源西鎮的濃霧當中呢？

要解開謎題，只能從他們身上著手。雖然我早就被弄糊塗了，搞不清楚他們到底是人是鬼！

我一步一步的朝著公車前端走去，走得小心翼翼。那兩個人對我的接近絲毫沒有反應。仍然那麼死坐著。侏儒售票員的雙腿隨著車的行駛一搖一晃，看起來像是飄搖的兩張紙片。

好不容易接近了，我伸出手，在售票員圓睜開的眼睛前邊晃了晃。她沒有任何反應。這個傢伙，似乎只有誰上車了，才會觸動某個機關般站起來，收錢扯票。

心裡一橫，我再次探出手，用力的搖晃起售票員的身體來。當自己的皮膚接觸到侏儒中年女人的一瞬間，就如同被蛇咬了一般，我迅速收回手，向後猛退了幾步。

售票員的身體出奇的冰冷，萬載寒冰似的。她身上的衣服也不像是衣料的材質，反倒像是粗糙的紙。

難道，她，果然不是人類？

就在這時，身後不遠處的風雅驚叫了一聲：「喂，你們快看那兩個人！」

我順著她的喊叫聲再次望向售票員和司機，頓時一陣惡寒猛地從腳底湧上了後腦勺。只見剛剛自己那輕輕的一推，便引起了連鎖反應，車上那兩個本不應該出現的人，顏色，顏色居然變淡了。

有如經歷幾十年風化褪色的老照片，司機和售票員身體的顏色同時變得如同負面膠片，越來越黯淡。斑點的黑色物質在他們倆的身上以驚人的速度擴散開來。

竟然只是一眨眼的工夫，兩人的身體就蒙上了一層黑漆漆，深不可測的黑。悚人得很！

「這、這算什麼？」我呆愣的憋出了這麼一句。自己完全被眼前的一幕給弄傻了。

突然，絕美的三無女李夢月本能的暴起，「危險！」

她以驚人的速度衝過來，一把扯著我的衣服往後拉。只見剛剛還靜止不動的售票員以及司機，居然從自己的位置上飄了起來。就像肚子裡灌滿了氫氣的氣球，在時速一百多公里的車上，晃蕩的飄浮著。

車只有兩公尺高。這兩個人形物體的腦袋很快就碰到了車頂。隨著車的行駛，人體氣球摩擦著車頂向著四面八方亂竄。

凡是接觸到這兩個人體氣球的地方，無論是車頂、椅子還是扶手。全部一股腦的開始黑化，並散發出驚人的惡臭。

如果不是李夢月及時扯開了我，恐怕我已經和侏儒售票員撞在一起。未知對人類而言是最可怕的，誰知道撞到這絕對超自然、超常識的人體氣球，以人類的身體而言，會發生怎樣可怕的變化。

可以確定的是，車上沒有人願意實驗。

「趴下，都趴下！」我大喊一聲。

兩個人體氣球飄在車頂，侏儒售票員還好說，它很矮小。但是司機，雖然它變成氣球後仍舊保持著坐著的模樣，但是哪怕這樣，也足足有一百五、一百六的高度。如果不趴下的話，極有可能被它撞個正著。

車上的一切，早已超過了我的認知極限。我甚至覺得，自己是不是在做夢。或許我本來就在舒服的床上睡覺，什麼白霧、什麼紅線、什麼在二十多年前消失的詭異十八號公車，什麼人體氣球，全他奶奶的是假的。

可是，眼前的一切，實在太真實了。

如果不是夢的話，那麼依舊陷在濃霧以及亂竄的紅線中的時悅穎，她會，怎麼樣？不行，必須要儘快從這輛該死的車中逃出去，回到源西鎮看看她有沒有危險！

所有人都不傻，雖然被眼前的一幕嚇得夠嗆。但是全都在我喊叫出聲的時候，猛地趴了下去。

兩個人體氣球巡邏般的在車裡飄動，車後那個鬼一般的女人依舊追趕不休。眼看還剩不到一分鐘，就會追上公車了。

現狀，糟糕到完全沒有辦法解決的程度。至少我想像不出來，還能怎樣自救！

等那抱著黑色骯髒酒罐的女人追上車，就是我們斃命之時。

根據莫非定律，十有八九便會如此。

我該怎麼做？

該怎麼做？

混亂的腦袋，在危險越發臨近時，反而不怎麼糾結了，倒是徹底變成了空白。

時間一分一秒的過去，車後的女人，爪子般的手已經抓到了車門。車門猛地被扯開，它，走了進來……

正當我閉上眼睛等死的那一刻，一雙雪白冰冷的小手，突然，摸到了我的手。

之後，彷彿再也不願放開似的，緊緊握住。

整個宇宙就在這一秒，天開地裂般，猛地震動了一下。

# 第四章　鬼女

全車在鬼一般抱著黑酒罈的女人爬上車後，都絕望了。有人哆嗦著，有人趴在地上祈禱。唯獨李夢月臉上沒有一絲懼怕，她就在離我不到半隻手臂遠的地方。

不知是人是鬼，跑得比車還快的鬼女從前車門上了車，剛巧侏儒售票員氣球般飄過去，鬼女伸出手。說是手，不如說是爪子。在這光線不明朗的夜裡，偏偏能看到爪子上接近十公分長的尖銳指甲。

指甲在夜色裡，泛著鋒利的光澤。

手一揮，打在侏儒人體氣球上。售票員被猛地抓破，發出漏氣的聲音，頓時癟了下去。

鬼女離我們，只剩下一公尺多的距離。它瀑布似的頭髮遮住了臉，始終看不清模樣。但是透過那些漆黑髮油的髮絲，隱約能察覺一顆猩紅的眼珠，正一眨不眨的，盯著我看。

死死的看著就有如我身上有什麼它感興趣、甚至不得不得到的東西。

它邁步，徑直朝我走了過來。

我絕望的閉眼的瞬間，近在咫尺的三無女李夢月動了。她死死的看了那似鬼的女子，用力咬了咬水潤的紅唇，然後像決定了什麼，探出手，一把緊緊抓住了我的手。

閉著眼的我，只感覺一隻冰冷柔軟的手拽住了自己。我詫異之下連忙睜開了眼，只這一眼，自己看到了比鬼女、比不該出現的十八號公車、比人體氣球……等等超自然現象更加無法理解，更超越常識的事情。

三無女美麗無比的眼眸一閉，隨之又睜開。就這短短幾秒鐘，她眸子中的冰冷，冷得更加徹骨。但身體上那股排斥宇宙中一切物質的氣質，卻削弱了許多。

「有意思。」緊接著，李夢月神情極為不捨的放開了我的手。她低下腦袋，完全無視那有著鋒利爪子，恐怖得令人窒息的可怕女人逼近。她只是發愣的瞅了瞅曾經抓住過我的手的自己的左手掌。

「時悅穎，果然，知道，些，什麼。」三無女彷彿想要露出似笑非笑的笑容，但是失敗了，「本想，臨死前，打破對她的，誓言。她要我，不能接觸你。有意思，很有意思。拋棄承諾，果然，值得！」

這個美得讓人窒息的女孩自說自話，我完全搞不懂她在自言自語些什麼。

鬼般的女子，發出「嘶嘶」的吼叫聲，那叫聲聽得人耳朵發麻，甚至能震顫靈魂。它揮舞著手，想要將擋住路的李夢月刺穿。

三無女絲毫不懼，冷哼了一聲：「滾。」

讓車上所有人跌破眼鏡的是，隨著這聲冰冷的呵斥，鬼女彷彿看到了什麼極為可怕的東西。就連它往前衝的身影也猶如受到了物理衝擊猛地搖晃了幾下。

穿著白色連衣裙的李夢月飛快伸出雪白纖細的胳膊，一把拽住了那個女人，之後蠻力爆發，將它連人帶罐子扔出了十八號公車外。

「這，怎麼可能！」沈思等人瞪大了眼睛，難以置信的看著這超現實的一幕。一個不到四十五公斤的女孩，居然能輕鬆的將那隻鬼女甩開。而且那鬼女明顯對她感到畏懼。怎麼想破腦袋，也想不出事態的發展，會逆轉成這副翻天覆地的模樣。

像是幹了件微不足道的事，李夢月完全不理會所有人震驚甚至敬畏的眼神。她的雙眼裡，只剩下我。

她走過來將仍舊趴在地上的我扶起。我傻呆呆的，仍舊因為剛才的事情而石化著，根本沒回過神。冰冷絕麗的三無女探手，極為自然，彷彿做過無數次一般，整理著我身上被弄亂的衣服。

終於，我總算反應過來。警戒的向後退了好幾步，厲聲道：「妳究竟是誰。到底為什麼要接近我？不，妳到底是人，還是鬼？」

發生在李夢月身上的事情，她的力量，和這輛失蹤了二十多年的十八號公車以及今天發生的所有事情都是同樣的本質，全超越了基本的物理法則。甚至可以說是常理的存在。她的力量，絕對不屬於人類。

「我，是誰？」李夢月眨巴了幾下眼睛，迷茫的搖頭，「不知道。但，靈魂，告訴我。你，和我有，關聯。」

「靈魂？」我摸了摸腦袋。她的表情不像作假。但是這位大小姐用乾巴巴的認真表情說出「靈魂」兩個字，模樣實在是太白癡了。

雖然不知為何，但自己的內心深處，隱隱也有一個聲音告訴自己。她，值得信任。

「算了，算了。這個問題先放一邊。」我搖了搖腦袋，知道在這些問題上糾結，也得不到答案。便又問：「妳的那個力量，是怎麼回事？」

「不清楚。」三無女依然那副冰冷表情，她將自己白皙的左手舉到我的眼前，「力量，來自，你！」

「來自我？」我睜大了眼，根本不信，「這怎麼可能，開玩笑也要揀說得通的開啊！」

「我們之間，肯定有，某種關聯。」李夢月不在乎我到底是不是相信，她自顧自的又道：「我失憶。你也失憶。我只記得，時悅穎。而，時悅穎，記得，你。有意思，我們肯定，有，某種，關聯。」

這個不善於講話，也不清楚是不是患有某種自閉症傾向的冰冷美女說完這麼長一段話，稍微有些喘氣。

我撓了撓頭，還是沒辦法接受她的話中所帶給的訊息。

「回源西，去找時悅穎。問清楚，我和你，的關聯。」李夢月突然道。

「回去?怎麼回去?」我瞥了一眼窗外，車外霧氣翻滾，不過那詭異的迷霧已經單薄到快要散去了。沒有駕駛員的十八號公車，仍舊在這條看不到行人和車輛的郊區道路上飛速行駛著。

夜色濃烈，帶著腥臭的死氣。

「何況，妳不是對時悅穎發過誓，死都不能和我有身體上的接觸嗎?」我調侃道，「妳還有臉回去見她啊?」

這位冰冷的大小姐摸著自己的心口，高聳的胸脯一呼一吸，十分急促，「這裡，缺了一塊。在這缺失面前，無論是誓言，還是，我的命。都不，重要。」

她的話很認真，表情也很認真。一時間我居然什麼也說不出來了。

對人類而言，失去記憶無疑是最可怕的。但更可怕的是，遺忘的偏偏是比自己生命更加重要的東西。將心比心，如果自己遇到了同樣的情況，恐怕也會毫不猶豫的推翻自己做過的任何承諾。

「那麼，我們該怎麼下車?」我轉移了話題。

鬼女被甩出車外後，就突然不見了。車上的司機以及售票員，體內的氣漏得差不多，只剩下了一層皺巴巴的皮，鬆垮垮的癱在地上。可公車，絲毫沒有停下的意思。

李夢月眼眸流轉，櫻桃小嘴裡吐出了將我嚇一跳的三個字:「跳下去。」

「跳?跳?跳妳個鬼啊。」我破口大罵，「從時速一百多公里的車上往下跳，活得下來才有鬼。」

三無女根本沒理我，她走到公車的後門，一腳將門踢開。狂風頓時灌了進來，吹得人一陣發冷。本想拽著不斷抗議的我跳車，突然，女孩的眼睛看到縮成一團的沈思、周成和風雅三人。

這三個人沒敢說話，一臉敬畏的盯著李夢月看。

「你們，也，下去。」沒等這三人反對，女孩一手抓起一個，以迅雷不及掩耳的速度將他們甩出公車。隨著反應過來時已經飛到車外尖叫的風雅，李夢月也抱著我跳了下去。

只感覺一陣狂風順著衣服縫吹了進來，絕美的冰美人將我抱得很緊，緊到她凹凸有致的身體輪廓完全貼合在自己身上。如此曼妙、讓人浮想聯翩的觸感，這一刻自己根本就感受不到。滿腦子是落地就會死亡的念頭。

當耳畔風雅的尖叫聲消失時，自己的腳碰到了一塊硬邦邦的東西。風沒有了，也沒感覺到痛。

重新睜開眼，自己居然站在陌生的公路上，周圍躺著周成等三人。

這三個傢伙呻吟著在地上翻滾，好半天，女孩風雅才撐起身體，驚訝道：「咦，我沒有死？」

「哇，神奇啊！跳車都沒死！」周成也摸著自己的身體，欣喜若狂。

我推開了仍舊緊抱著我的李夢月，甩掉腦袋裡亂七八糟的想法，把視線落在了這條公路上。

這裡，究竟是哪裡？

不錯，這裡是哪裡。是個很重要的問題！

李夢月將我放開後，走過去，一把就近抓起了周成的衣領。竟然以嬌小的身體，輕鬆的把一個一七五的沉重男人給提了起來，冷冰冰的問道：「你，是本地人？」

「女俠，饒命啊！」周成反射性的求饒，劫後餘生的喜悅頓時被嚇得硬生生縮了回去。他完全不曉得這個外表漂亮得不像人、力量也強大得不像人的女孩，抓住自己幹嘛。

「你是，本地人？」李夢月重複了一次。

周成這次聽清楚了，連忙點頭，「是，是，我是本地人。真的，不騙妳。」

「這裡，是哪？」

周成傻眼了。這傢伙剛從十八號公車上下來，正暈頭轉向呢。哪怕真的是本地人，也不可能光憑路面和周圍的幾棵樹就辨認出確切的地點來。

「別為難他了。」我拍了拍李夢月的肩膀，將手機掏出來。這條雙向車道的鄉村道路在源西鎮周邊十分常見。天幕中無星無月，黑漆漆的一片，也無法分辨方向。不過作為現代人，一支手機反而能夠簡單的解決一切。

雖然從下午開始，在濃霧瀰漫時，手機便詭異的失去了訊號。我將手機重新開啟，打開 GPS 功能。跳下車沒多久，周圍的濃霧也散得差不多了。陰冷的公路稍微吹著陰冷的風，這股風，反而給了我一種活著真好的感觸。

手機信號已經恢復了，GPS 搜索衛星的速度很快，只花了十秒鐘就定位成功。我看著地圖上跳躍的紅色箭頭，頓時皺起了眉頭。

怪！太怪了。我和李夢月是下午四點左右急急忙忙毫無選擇的衝上那輛可怕的鬼公車的。現在已經快凌晨十一點半了。以公車平均一百多公里的時速，我們應該已經距離源西鎮至少七百多公里了。

可是地圖上卻顯示，我們在一條叫做鄒家場的鄉村公路中段。離源西鎮也不過五十多公里而已。

究竟是我的大腦對速度的感覺出了問題，還是另有原因呢？隱隱中，自己彷彿抓到了什麼線索。可那條線索在腦袋裡竄得太快，難以具體化。

圖譜教育的老總沈思也一聲不吭的在看衛星地圖。看了幾眼後，立刻撥通了下屬的電話，讓人開車來接他。

「我的手下大約半個小時才會到，等下各位就跟我一起回城吧。大家一起經歷了那麼多恐怖的事，也算是過命的交情。咱們今後兄弟、姐妹情深深。多多相互照應！」

沈思很有說話技巧，一番好話說下來，裡子面子全擺足了。

風雅和周成立刻對他升起好感。

我臉上沒有任何表情。風雅蹦蹦跳跳的衝到李夢月跟前，尖著聲音如同追星族似的高呼：「李大小姐。剛才謝謝妳救了我們。妳是怎麼發現從那輛車上跳下來，不會有生命危險的？」

這句話，其實自己早就想問了。風雅替我問了出來，我當然豎起耳朵，想要聽聽這三無女究竟怎麼回答。

三無女果然不愧是三無女，說話絲毫不委婉，甚至連撒謊也懶得。乾巴巴的說了令所有人都再次石化的三個字：「不知道。」

「不、不知道。是、是什麼不知道！」不知道！這位大小姐，她居然不知道。風雅結結巴巴，臉頓時給嚇綠了。

不只是她，就連老成穩重的沈思，也被嚇得不輕。

我「噗嗤」一聲，被莫名的戳中了笑點，沒心沒肺的險些笑斷氣。李夢月果然是奇女子，她「不知道」這三個字的含義。正如字面上的意思，簡單明瞭。她不知道跳車有沒有危險，所以乾脆就將這三個傢伙甩出車去試一試。

或許她的洞察力也和力量一樣卓越，所以當把沈思等人丟出去後，覺得沒有危險了，這才抱著我跳了車。

想到這，我突然就愣了。她不是一個害怕危險的人，但是卻偏偏謹慎的用別人的命去當作試金石。這分明不是為了她自己，而是在擔心我。三無女，為什麼如此替我著想？難道我真的，對她很重要。

而這份重要性，在之前是根本不存在的。我倆本就是陌生人。她之所以認為我重要，是在接觸到我的手之後。她身上的蠻力，也是接觸到我後，才滋生出來的。

難道，她剛剛說的，力量來自於我，並不是假話！

亂七八糟的思緒充斥滿腦袋，我發呆了好久，也無法理順。不是想不通，而是依舊根本從心底到靈魂，都不願意接受這件事。

我用力的甩了甩腦袋，李夢月依舊站在我隨手就能接觸到的地方。她正在看著自己的手，臉上似乎不時劃過一絲困擾。

突然，她轉過身，眉目如畫的大眼又盯在了我的臉上。李夢月將我從頭髮絲到腳尖都看了一遍，每一部分看得都很仔細。彷彿是想要看穿我的骨頭。

「看我幹嘛？」我被她看得有些難受，只得乾咳了一聲。該死的，哪個哲人說被美人看是一種享受。我偏偏就不舒服得要命。

絕麗的三無女穿著白色的連衣裙，裙襬在微風中輕輕擺動，顯得越發的清新脫俗。她的大腦構成和我幾乎不在一顆星球上，我甚至根本就無法理解她在想些什麼，思維又有多跳躍。總之她的手一翻，就想要將我的牽住。

我嚇了一大跳，下意識的向後跳去，躲開了，「妳想幹什麼？」

李夢月皺了皺眉頭，「力量，在消失。把你的手，給我！」

「不要！」我拒絕了。

三無女再次看了我幾眼，出奇的沒有強求。

風雅、沈思和周成早就被三無女無視人命的行為嚇住了，離我們遠遠的。特別是沈思，他出社會打滾了十多年，什麼人沒看過。唯獨只有李夢月的性情，他完全琢磨不清楚。沈思本能的覺得，李夢月不能惹。否則會死得很慘。

世間美女無數，可是再美的女子，擁有三無女這樣的性格和力量。絕對不會和小說、電影以及漫畫中描述的那麼動人美妙！

寒風中的半個小時，很快就過去了。沈思公司的車來得挺準時，這個傢伙做人也很圓滑。先是恭恭敬敬的將李夢月和我請上車，這才和風雅以及周成小心翼翼的坐到車的第三排。

臨上車時，沈思的手下恍然間看清楚了我的臉，立刻呆了一呆。不過馬上就用笑容掩飾了過去。

我心裡了然，這位一定是認出了自己。以沈思的性格，既然喜歡時悅穎，自然派了人手監視她的周圍有沒有出現過別的男性。

果不其然，當車行駛了一段距離後。那男人不知用哪種方法通知了自己的老闆。沈思臉色變了幾變，最終猶豫再三，打破了車內的死寂，率先開口道：「奇奇先生。

你是叫奇奇先生，對吧？時悅穎的未婚夫？」

他在對我說話。

我心不在焉的點了點頭。

沈思的笑容如沐春風，說話依然是滴水不漏，「難怪在那輛公車上，奇奇先生對我不太友善。原來是因為時悅穎小姐的事。」

他用力拍了拍自己的胸脯，連對時悅穎的稱呼都改了，「咱們既然一起度過了難關，有著過命的交情。那麼關於時悅穎小姐，我、我自然要退出。她是個好女孩，請你善待她。」

沈思不斷苦笑著。他的話直白大方得令我什麼都不好說了。我笑著沒有意義的再次點了兩下頭，眼中，卻劃過一絲戒備。感情的事情，本就不是三言兩語能夠說得清楚的。也不是說退出就能退出的。

可沈思偏偏說得舉重若輕，說他不願和我搶。這實在有些搞笑。我不是三歲的小孩，不可能被這番話哄騙住。這傢伙如果不是搞不清楚我和李夢月的關係，又莫名其妙的極度害怕顧及李夢月的話。恐怕早就派人將我敲暈活埋在路旁那座山下了。

依他的為人，以及這一路表現出來的城府。他絕對做得出來這種事。

「既然我們都活了下來，對那輛十八號公車的猜測？大家有沒有什麼想法？」風雅見車內氣氛越發的尷尬，她連忙轉移了話題。

「想法沒有。但是，我們肯定是遇到靈異事件了。」她的男朋友周成開始傳遞接力棒：「這個毋庸置疑！你說呢，奇奇先生！」

「所謂的靈異事件，其實就是資料暫時不足，還無法做出合理的解釋罷了。」我撇撇嘴，突然問沈思：「沈思先生，我能問問你的下屬幾個問題嗎？」

沈思一愣，立刻點頭道：「當然可以。」

「那就問那個戴眼鏡的。」我笑著，看向副駕駛座那個認出我的四十多歲的中年男子，「你知道我是誰，對吧？你叫什麼名字？」

眼鏡男尷尬的只回答了第二個問題：「我叫趙揚。」

「源西本地人？」我又問。

他點頭，「確實是本地人。」

「那今天下午有沒有發生過什麼奇怪的事？」我一眨不眨的盯著他的眼睛。

「這倒是沒有。」他搖了搖腦袋。

所有人，包括他的老闆沈思，都露出了難以置信的表情。

「真的沒有？源西鎮沒有起霧？霧裡邊也沒有奇怪的像是線蟲一般的紅線？」沈思撐起身體，情緒激動的大聲質疑。

「老闆，真的沒有！」眼鏡男不解的回頭看著自己的老闆。

風雅和自己的男友面面相覷，顯然男子的回答，完全將他們給弄糊塗了。怪了，這是怎麼回事。難道那迷霧以及霧氣裡可怕的紅線，只有自己五人能看到？可如果真是如此，自己到底做了什麼傷天害理的錯事，居然要受到老天如此的懲罰？

「果然如此。我在公車上時，就曾經想到過一些東西。」我摸著下巴沉思了片刻，「先回源西鎮。多調查一下看看。我總覺得，這件事有些蹊蹺，而且沒那麼簡單就結束。」

不錯。只要是詭異的事情，終究有它出現的理由。二十多年前失蹤的十八號公車為什麼會失蹤？我已經聽到了兩個不同的版本。但是，這兩個版本都有些不太令我滿意。如果我們剛剛乘坐的真的是二十多年前的那一輛車，那麼，為什麼唯獨只有我們五人上車了？

我們，和源西鎮的其餘幾十萬人，有什麼不同的地方？還是說，這是一種因緣巧合？不，哪有這這麼多巧合！

如果整個源西鎮上所有人都看不到迷霧和紅線，那就只有一個可能。便是紅線以及迷霧只是針對我們五人。想要將我們五人驅趕到謎一般的公車上去。

可這樣一來，疑惑就更多了。為什麼、基於什麼原因、背後到底有什麼神秘的力量在驅使推動著？既然我們五人一同看到了白霧和霧中的紅線，那麼我們五人一定有所關聯。這個關聯到底在哪兒？

一九九三年就已經失蹤的幽靈公車！追著公車的那鬼一般抱著酒罈的女子……

等等！酒罈？

我突然想起了什麼，「唰」的一聲從座位上站起來，腦袋險些撞上了車頂！

# 第五章 奇怪家規

見我突然激動起來，李夢月以驚雷般的速度扯住了我，避免了我的頭和車頂相撞這一丟臉慘劇。

「奇奇先生，您是想到了什麼嗎？」沈思看了我一眼。隨著他的話，車上所有人也都轉頭看向了我。

「確實想到了些東西。」我點點頭，沒有打算立刻解釋，反而問沈思：「沈思先生。在那輛幽靈公車上，你本來不是準備告訴我們什麼嗎？趁現在講一講吧？」

「事情既然都已經解決了，我看還是算了吧。畢竟關係到我們學校的學生的隱私，不好說太詳細。」沈思搖了搖腦袋。

我撇撇嘴，「講不講無所謂。不過，沈思先生。最近一個禮拜，似乎有什麼你解決不了的事情在困擾著你。或許，困擾你的事情，和今天發生的事極有關聯。如果不將前因後果理清楚，恐怕，今後我們還會踏上幽靈公車。到時候會不會像今天那麼幸運，活著回來，就不知道了！」

沈思聽到我的話後，方寸大亂。但是他畢竟見識過大風大浪，很快又冷靜了下去。

「奇奇先生，你是怎麼知道我最近被某些事情困擾著？」他瞇著眼睛問。眼中隱晦的閃過了一絲凶戾。

「猜的。」我面無表情。

沈思被我這句話給哽住了，好半天才嘆了口氣，「其實，我也覺得自己的困擾和今天的幽靈公車有關係。奇奇先生，如果這件事不解決，恐怕真的會如您所說。那輛十八號鬼公車，還會出現，逼我們上車。」

風雅以及周成頓時嚇了一大跳，「怎麼可能，沈思大老闆、奇奇兄弟，這到底是怎麼回事？你們到底在說什麼，說得我們全都糊塗了！」

「先聽聽沈思先生的故事吧。」我微微一笑，從車上的小冰箱裡抽出一瓶紅酒，老實不客氣的打開後，為自己倒了一杯。

搖晃著杯子裡血紅色的液體，聞著新開的紅酒那甜甜帶澀的香味。而不停苦笑著，語氣略帶挫敗感的沈思，則開始講述起如果不是被那鬼一般的追車女人打斷，早就該告訴我們的故事。

「這件事，要從不久前講起。確切來說，應該是在十六天前。就像之前說過的那樣，我們圖譜教育有一個叫做，趙麗雲的女孩……」

□

事情，都要從那天開始講起。

還記得那一天不算陰天，陽光如漏斗般從雲隙裡透出來，投射在潮濕陰冷的城市中。城市依舊如同以往那樣，該光明的光明，該黑暗的黑暗。

或許，人類，也是如此。

在圖譜教育補習的趙麗雲有個同為高三的好朋友張雨。雖然她倆就讀不同的高中，但卻在同一間補習班。一開始，兩人並沒有什麼太多的交集。張雨的個子和五官都小巧玲瓏，雖然個頭不足一百五，但是因為精緻的臉龐以及萌萌的蘿莉音，很受班裡同學的喜愛。

特別是有某些惡俗趣味的蘿莉控男生以及校外大叔。

也因此，小張雨常常被男生告白追求，甚至有些惡俗的男生哪怕被拒絕了，同樣死纏爛打。

而趙麗雲長相普通，人高馬大，一臉女俠氣質，她為小張雨擋住了許多討厭的傢伙。所以一來一往，兩人很快就成了要好的朋友。

每次上完補習班後，她們都會一起去一家很讚的甜品店吃甜品，喝飲料。

可是今天中午，唯獨今天中午。趙麗雲總覺得哪裡有些不太對勁兒。小張雨皺著眉頭，像是有心事。

「小雨，妳怎麼了？」趙麗雲越看越覺得張雨那發愁的模樣可愛極了，不由得伸出手，用手掌在她毫無焦點的視線上切割。這個嬌小的女孩子就如同是自己的妹妹，可論月份，自己分明才是妹妹呢。真有趣！

張雨渾身猛地一抖，彷彿嚇了一大跳似的，終於回過神來。

「麗雲，妳覺不覺得，最近源西鎮有些詭異。發生了好多怪事情！」張雨自顧自的說著話。

趙麗雲低頭想了想，搖頭，「不太清楚。」

她為人粗枝大葉，根本察覺不到城市裡湧動的暗流。哪怕暗流其實已經蔓延到了自己所在的補習班。

「是嗎，麗雲妳肯定不會察覺得到。」張雨喝了一口飲料，她杯子裡的紅葡萄汁，在中午黯淡的陽光照射下，怎麼看怎麼像是鮮豔的污血，「我們圖譜教育不遠處有一家叫做博時教育的補習班，妳知道嗎？」

趙麗雲「嗯嗯」了兩聲，「這個我知道。據說是兩個大美女姐妹花開辦的。」

「我有一個認識的姐姐，她就在那家補習班裡補習。平時她挺照顧我的。可是在幾天前，她失蹤了。據說不只她，之前與之後連著好幾個人也都一起失蹤了。」張雨話說得很慢，彷彿在用力思考著什麼東西，「還有咱們圖譜教育。我聽說也有幾個同學失蹤。公司和家長們已經報案了。」

趙麗雲用手撐著腦袋，「發生了這麼大的事情，我怎麼完全沒有聽人說過？難道源西鎮上出現了專門拐賣高中生的犯罪集團？」

「我也是因為那個姐姐失蹤後，才稍微察覺到的。有家長曾經拿到失蹤學生的監視器影像。但畫面極為詭異。」張雨一臉困惑苦惱，「他們無一例外，走著走著，就突然消失不見了。靈異得很。明明路上什麼也沒有，一個大活人怎麼就失蹤了呢！至今警察單位都無法對此作出解釋！」

「還真是有都市恐怖傳說的潛力呢。」趙麗雲不以為然，她是堅定的無神論者，本就不信靈異類的故事，「小雨，妳今天到底是為什麼煩惱啊。看妳一副心不在焉的模樣？」

張雨苦惱著不知道該怎麼說出口，猶豫再三後，才終於吐出了幾個字：「不知為何，我覺得那些人的失蹤，和我有關！」

「什麼意思？」趙麗雲驚訝道，「關妳什麼事？難道他們全都是被妳綁架了？」

「別傻了，我連一個中年變態大叔都對付不了，怎麼有能力綁架誰。」張雨可憐兮兮的比劃著自己的小拳頭，頓時蘿莉氣質飛散。

趙麗雲「嘿嘿」傻笑，「我家小雨好可愛。」

「算了，跟麗雲妳說也不怎麼說得通。」張雨搖了搖小腦袋，她悶悶的又喝了幾口果汁，掏出手機撥弄了幾下。突然，又抬起了頭，唐突的問：「現在幾點了？」

「十二點半啊。」趙麗雲瞪了好友一眼，「妳明明拿著手機，幹嘛還問我這種傻問題？」

「最近發生了許多很不好解釋的事，弄得我都不太敢看手機了。唉。」張雨嘆了口氣，「麗雲，妳是我最好的朋友。對吧？」

趙麗雲詫異的點頭，「當然，咱們是一生的好朋友。」

「那妳能不能幫我一個忙？」張雨漲紅了臉，眼神堅定，像是做了個很不得了的決定。

「什麼忙？小雨妳只要說出來，我都豁出去了。」見好友認真的神色，趙麗雲愣了愣，隨即打趣道：「唯獨借錢不可以喔，我也是窮學生一個。」

「現在是中午十二點二十六分。」張雨的話語裡絲毫沒有開玩笑的成分，異常謹慎的再三叮囑，「三個小時又三十四分鐘之後，也就是下午的四點整。麗雲妳能不能去冠宇大廈的五樓樓頂上，然後撥我家的電話？注意，是我家裡的，不是我的手機。」

趙麗雲被好友莫名其妙的古怪要求給弄得呆了一呆，「這算什麼要求？」

「求求妳了！」張雨抬起頭，大眼睛裡水汪汪的。在那難以抗拒的眼神攻勢之下，趙麗雲的心理防線立刻土崩瓦解。

那天是禮拜天。下午，她慢吞吞的逛了街，買了些雜七雜八的東西，又買了兩本雜誌。好不容易熬到了下午三點過，趙麗雲混進冠宇大廈，走樓梯上了頂樓。

「怎麼感覺自己在做很傻的事情。」看著時針分針秒針不停地在移動，真的等到下午四點時，趙麗雲一邊吐槽，一邊按要求撥通了好友家的電話。

嘟，嘟，嘟，幾聲空洞的響之後，電話，迅速被接通了！

「喂喂，小雨，我現在已經到冠宇大廈的頂樓了。之後，還要我幹嘛咧？」趙麗雲迫不及待的問。

「嘻嘻。」回答她的，是兩聲尖細又十分污穢的詭異聲音。那聲音，分明不屬於張雨。

趙麗雲皺了皺眉頭，「喂喂，是伯父嗎？請讓張雨接一下電話。麻煩了。」

「張雨，張雨。嘻嘻，張雨她，不在。不在，不在！嘻嘻！」那有如污水般的聲音再次響起，那尖銳刺耳的音調如同無數電流在摩擦著聽筒，趙麗雲立刻將手機拿得遠遠的。

「你到底是誰？」趙麗雲緊張起來。記得小雨曾經告訴過自己，她是單親家庭，父親獨自撫養她長大。可話筒中可怕的音調，同樣也不屬於男人。如果不是能識別出清晰的語意，女孩甚至認為人類無法發出類似的聲音。

「嘻嘻。張雨，把張雨給我。」污穢的聲音不停在話筒裡迴盪，似乎再多等一秒鐘，就會有一雙血淋淋的手，撕開手機，從另一端硬生生的來到這一端來，「張雨，是我的！」

趙麗雲反射性的掛斷了電話，她被嚇得心臟「怦怦」直跳。下午的陽光透過雲層照射下來，哪怕是如此，女孩同樣感受不到一絲安全感。她總覺得那污穢的聲音仍舊在耳畔，在身後偷偷的瞅著她看。

那個聲音，根本不可能屬於人類。人類發不出那麼高聲頻的音調來！

但是自己撥打的，確確實實是張雨家的電話啊。她家裡究竟發生了什麼事？

直到把手機塞進厚厚的背包中，趙麗雲這才鬆了口氣。

「見鬼了。」她搖了搖腦袋，準備走人回家。可剛轉過身，就撞到了一個軟綿綿的低矮物體。

沒等她回神，那個軟綿綿的物體已經說話了，「麗雲，妳打過電話了沒？」

萌萌的可愛聲音與剛才陰暗潮濕的污穢聲音形成了巨大的反差，趙麗雲不由得打了個冷顫。這時，一陣風吹過，她才發現原來自己全身早就濕透了。

「打了啊。活見鬼，小雨，妳家接電話的到底是誰啊。怪可怕的！」看清楚不知何時來到自己身旁的好友張雨天使般的精緻臉孔，女孩抱怨道。

「我也，不知道。」張雨一臉苦笑。

「妳怎麼可能不知道，那可是妳家啊！」趙麗雲急起來，那聲音至今依舊陰魂不散的迴盪在耳邊，已經對她造成某種心理創傷了。

張雨搖著腦袋，「我是真的不知道。自從爸爸出差之後，我就沒回家了。」

「等等，怎麼回事？」趙麗雲忽然感覺一股寒意襲來，「妳的意思是，妳家現在根本就沒人？那，剛剛接電話的，究竟是誰？」

「所以，我才不知道啊！」張雨說到這兒，流露出滿臉的恐懼，「爸爸是週二去外地出差的。本來我一個人在家，什麼都挺好的。可是禮拜四中午，自己不知道為什麼撥了家裡的電話。等反應過來時，發生了一件可怕的事情……」

「本來空無一人的家裡，是不可能有人來接電話的。但是電話在『嘟嘟嘟』的響了三聲之後，突然接通了。」張雨用力抱著腦袋，她怕得要死，「我本以為是爸爸提前回來了，可是話筒裡卻偏偏傳來了一個陌生的、非常可怕的、污穢不堪的尖銳說話聲。」

「我立刻報了警。但是警察來了，和我一起進屋後，卻根本就找不到有人入侵的痕跡。一丁點痕跡都沒有。屋子是密封的，門窗也有聽爸爸的話，好好地鎖上。除非有人偷偷配了鑰匙，否則不可能進得去。」

張雨說到這兒，頓了頓，「我家只有一支電話，現在大家都有手機，其實電話已經很少有人使用了。爸爸一個大男人，根本不會收拾家裡。家裡一直都是我在收拾的。就在那天，我發現了一件很恐怖的事實。」

「電話根本就沒有被人接起來過。因為，根本就不可能接通！」張雨打了個寒顫，害怕的連聲音都發顫起來，「因為我在信箱裡發現了一張帳單，電信公司寄來的。我們家因為半年沒有繳電話費，已經停話一個多月了。」

「所以，一個停話的電話號碼，怎麼可能撥得通？從那天起，我就總覺得屋子裡有什麼東西在等著我。不行，我絕對不能回去。如果回去了的話，誰知道還會發生什麼更可怕的事情。」張雨雖然嬌小，但因為單親家庭的緣故，比同年齡的人堅強得多。

「所以我在一家不貴的小旅館住了下來，已經住了三天了。這三天，我根本不敢回去。就怕待在屋裡的，肉眼看不見的東西，找到我！」

趙麗雲聽完好姐妹的話，嚇得頭髮幾乎都要豎了起來。她是個無神論者，可恐懼感每個人都有，和信仰無關。

「這件事妳告訴了妳父親沒有？」她問。

張雨搖了搖頭，「還沒有。」

「為什麼不告訴他，是害怕妳父親不信嗎？如果他真的不信的話，就讓他打自己家的電話試試看。那可怕的聲音，誰聽誰知道，分明是從地獄裡爬出來的噪音。」趙麗雲十分不解的囉嗦著。

張雨又嘆了口氣，將風吹亂的髮絲塞到了耳朵後，「我有我的考慮。爸爸雖然對我挺不錯的，可是仔細想來。他這麼多年來，根本不敢正眼看我。不，甚至可以說，他似乎很怕我！」

「父親愛女兒都還來不及，他怎麼會怕妳啊！」趙麗雲不解道，「是妳的錯覺吧。」

「我們家的事情，麗雲妳不會明白的。對了，電話裡那個聲音，對妳說了什麼？」張雨沒有繼續在「家和父親」這個問題上糾纏，岔開了話題。

趙麗雲捂著腦袋，很不情願的回想，「它說，妳是它的。要誰把妳給它，類似這個意思吧。」

「和我聽到的不一樣。麗雲，妳知道，電話裡的聲音，對我說了些什麼嗎？」張雨聲音低了下去。

趙麗雲自然不知道。

「它從頭到尾，只說了四個字。不斷重複的四個字。」張雨越說越怕，「它說，找到我了！」

趙麗雲也被這四個字嚇了一大跳。想到那污穢的可怕聲音，易地而處，是她遇到了還真讓人根本不敢回家咧。

「好啦，好啦，不說可怕的東西了。麗雲，讓妳來冠宇大廈五樓，其實是想讓妳陪陪我。」張雨拍了拍自己精緻的臉，強笑道。

趙麗雲環顧了四周一眼，「這裡有什麼好來的，風景又不好，也不是源西鎮最高的建築物。況且，這棟樓都快荒廢了。」

張雨聳了聳肩，「我家有一條家規。現在想來，挺奇怪的家規。爸爸從小時候起，就不停叮囑我。絕對不准去冠宇大廈的五樓。如果非要去的話，也不能在下午的四點整去。」

「這條家規確實有些怪。」趙麗雲疑惑道，「這棟樓沒什麼特別的啊，難道是妳爸媽分手的傷心地？或者，對妳家而言，有什麼特殊的意義？」

張雨苦笑，「這我就不清楚了，所以想來搞清楚。可真的來了，其實也沒什麼意思。這棟樓還真的很普通！」

趙麗雲看了眼手機，剛剛被那詭異聲音弄得打電話都有恐懼症。難怪最近幾天張雨不怎麼愛玩手機，「那麼，我們再等一等，看會不會出現什麼證明你們家規是正確的怪事情？」

「我也是這麼打算。那麼，就等半個小時吧。」張雨猶豫了片刻，掏出手機看了看時間。

下午四點零五分。

她們兩人一邊聊著班級裡和生活中瑣事，兩個都刻意絕口不提張雨家中電話傳出來的怪聲音。時間爬得很緩慢，等了老半天，手機上的數字，才龜速的來到四點三十五分。

「走吧。」半個小時中，什麼怪事情也沒有發生。太陽緩緩落入了西側天際的高樓中，一大片陰影將兩人籠罩住了。趙麗雲和張雨將手機放回口袋，異口同聲的說。

之後，她倆會心的一笑，慢吞吞的下了樓，準備搭公車回去。

今天的公車站很怪異的一個人也沒有。明明是禮拜日，外出以及購物的 OL 白領們應該都是坐這條線路回去的。

可是，今天的公車站，偏偏沒有半個等車的人。

「今天應該有座位了。」趙麗雲雀躍道。她家離這裡可不近，十多站咧，平時這個時間段搭乘公車，根本就不可能有座位。

因為家規原因，雖然是源西鎮本地人，但是張雨從來就沒有來過冠宇大廈。她認真的看著路線圖，想要看看哪一路公車離自己所住的小旅館比較近。

沒多久，還真被她找出來了一路。

「妳看這路公車，麗雲妳家和我要去的地方，都在同一條線上。耶，我們可以一起回家了。」冠宇大廈位置不偏僻，所以公車站上貼了許多小廣告。那條線路就在那些小廣告貼紙下，很難找。

「哇，真的耶。小雨，妳的眼睛真尖。」趙麗雲開心的拍了拍張雨的小腦袋，「一起回家吧。」

張雨雀躍的點頭，「嗯。」

沒多久，一輛紅色的老舊公車，緩慢的行駛過來。它發出破爛的呻吟聲，停靠在了站台前。

斑駁的紅色漆面，已經有許多地方掉漆了。整輛車有如從時空隧道裡穿越出來般跨越了二十多年的時空。

公車的車身上，刷著顯眼的編號。

十八號！

# 第六章 蟲洞理論

這個世界，總有許多看似很有道理的勵志故事，在朋友圈中瘋傳著。每個勵志故事，都勵志到每個人都認為成功者之所以成功，是因為他們的堅韌。

錯了，全都錯了。

據說，J.K. 羅琳，帶著剛誕生的女兒，饑寒交迫領著救濟金，去咖啡館蹭暖氣，趁嬰兒熟睡之際寫出聞名全球的《哈利波特》。

亦舒，為寫作早上四點起床，一等女兒起床，即刻調整為買菜清潔煮飯督促女兒功課。

美劇《婚外情》裡的男主角是個作家，家裡四個孩子隨時吵成一堆，經紀人問：「難以想像有四個孩子，你哪裡還有時間寫作？」男主角說：「我每天五點起床，想辦法在他們醒來前寫點什麼。」

錯了，全都錯了。

人們想當然地追捧這些勵志故事，認同這樣的作家準則——「忙得再苦再累再焦頭爛額依然會有感悟，依然想寫點什麼。」

實際上故事是這樣的：

《托爾金的袍子》裡披露J.K. 羅琳根本就不是窮困潦倒的無產階級文人，而是出身中產階級的大學畢業生。暴富後的羅琳解釋完全不是為了蹭暖氣而去咖啡館，她只是為了美味的咖啡，不想時不時因為起身煮咖啡而打斷寫作思路。

亦舒更殘酷，早年生子，離婚後甩了個乾乾淨淨，一輩子都不想相認，除了怕要錢大概也怕寫作思路被打斷。

至於美劇《婚外情》裡的男主角作家？有四個孩子的作家？他其實全因岳父幫忙支付孩子們私立學校的學費，一邊鬱鬱寡歡一邊得到寫作的空閒。

所以這個世界的一切，其實都是有著兩面。其實每個家庭所謂的家規，也和勵志故事有著同樣的道理。終歸是嚴重美化或者醜化了某一樣規矩，之後，規定你不得觸犯。

不同之處只在於，家規用的是強制性。而勵志故事，是用美化來鼓勵別人認同罷了。歸根結柢，都是利用了人類的某一種原始情緒。

但是家規和勵志故事還有一點最根本的不同，那便是勵志故事你可以聽過就忘。不過家規，如果你不小心忘記，觸犯了規矩。輕則被家人打屁股，重則會丟掉性命！

那一輛斑駁的十八號公車停穩後，張雨以及趙麗雲同時傻了眼。

「好、好舊的車啊。我是不是眼睛花了？」趙麗雲用力揉了揉眼睛。車實在很破爛，她嚴重懷疑這麼爛的車，究竟還能不能正常行駛。

張雨也很猶豫，「要不，我們再等等下一輛？」

「但是這輛車上，有座位啊。」趙麗雲摳了摳腦殼：「下一輛不知道有沒有那麼好的運氣。」

「可是，這輛車給我的感覺始終不太好。」張雨用力搖頭，「不想上去。」

趙麗雲聳了聳肩膀，「那就等下一輛吧。」

她們沒上車，只是靜靜等公車開走。那輛車確實開走了，沒過多久，下一輛車便來了。同樣是十八號，但這一次車子乾淨了許多。

「上去吧。」趙麗雲拉著張雨的手上車，她一邊掏錢，一邊用視線尋找著自動投幣口，「怪了，我從來沒有在鎮上坐過十八號公車。是新開的路線嗎？」

張雨嘟著嘴，「不清楚。咦，怎麼沒有自動投幣口？」

駕駛座上坐著一個穿黑衣戴著帽子的駕駛員，除此之外，車上一個人也沒有。車門靜悄悄的關閉了，繼續往前行駛。只留下趙麗雲和張雨兩個女孩手裡拿著零錢，傻呆呆的不知道該把錢放哪兒。

「喂喂，司機先生，我們的錢給誰？」趙麗雲眨巴著眼，問司機。

司機一聲不吭如同死了般。他的手握在方向盤上，就那麼握著，也沒看他怎麼動，車就自動拐彎了。

這詭異的一幕，嚇了趙麗雲一大跳。可緊接著，兩個女孩就發現了更加恐怖的事情。

剛剛在車外透過車窗看還顯得嶄新的車內裝飾，在她們踏上車後，居然變得破爛不堪。地板上甚至罩著一層鐵鏽和灰塵。彷彿車已經許多年沒有使用過了。浮灰底下隱隱透著斑駁的紅色痕跡。

「這是怎麼回事？這種車，公車公司還准許上路營運，太不可思議了吧！」趙麗雲大聲道，但其實她有些害怕了。

「麗雲，源西鎮根本就沒有十八號公車，對吧？」張雨想了想，「我突然想起，曾經有一個喜歡我的男生，他最愛研究源西鎮的公車地圖了。追我的時候也是一股腦的說著公車地圖的事兒。記得他說過，源西鎮的公車編號，從十七號突然就跳到了十九號，十八號公車詭異的消失了，不知道是怎麼回事！」

「可我們卻坐上了十八號公車。明明這是不可能的才對！」

張雨只感覺自己口乾舌燥，冷汗不停冒出。她自從上了這輛車後，整個人就感覺渾身不對勁。

趙麗雲被她說得越來越害怕，「別說那麼多了，我們先下車。」

她對司機吼著：「司機先生，我們要下車。請在下一個站口停一下，謝謝。」

司機根本就沒有任何反應，也不知道他到底是聽到了，還是沒有聽到。城市公車平均一公里就有一個站。眼看下個站很快就到了，但是這輛詭異的十八號公車根本就沒有停車的意思，呼嘯而過。

同樣迎風而來的是兩個女孩的恐懼。

「司機，我剛剛請你停車啊，你沒聽見？」趙麗雲憤怒的喊道，可她始終不敢離司機太近，畢竟那死人一般的司機，跟這輛公車一樣詭異。

張雨連忙掏出手機，「我們先報警。」

但女孩按下手機電源，下意識的看了一眼手機螢幕的瞬間，她整個人都驚呆了。一股惡寒，從腳底冒上了頭頂，凍徹心腑。

「妳怎麼了，小雨。別嚇我啊！」恐慌的趙麗雲看見好友的臉色難看得要命，用力推了推她。

「麗雲，剛剛我們從冠宇大廈下來時，是幾點？」張雨滿嘴苦澀，一個字一個字的艱難的問。

趙麗雲不解的回答：「四點三十五啊。」

「那妳現在，看看手機上的時間。」

趙麗雲也掏出了手機看了看，頓時她險些嚇癱軟在地上。手機螢幕冰冷的顯示著現在的時刻……

下午四點零五分。

這是怎麼回事？該死，這到底是怎麼回事？

兩個女孩全都糊塗了。她們明明是下午四點三十五分走下冠宇大廈的樓梯，花了五分鐘。等車又花了十多分鐘。那麼現在，理應是下午五點左右才對。

可是時間，為什麼往回跑了？

「救命啊！」感覺不妙的兩人，拚命的用手敲打著車窗玻璃，試圖吸引公車外的行人的注意。就算再笨，用膝蓋想，也明白現在的狀況很糟糕。

事態的發展已經超越了常識，朝著混亂的方向發展。

終於，她們的動作影響到了如死了般沉默的司機。司機緩緩偏過腦袋，用尖銳充滿污穢的下水道聲音，說出了四個字——

「找到，妳了！」

□

「兩個人就此失蹤了。當天晚上，趙麗雲的父母報了警。但等警方找到趙麗雲時，她已經失蹤三天了。之後這個女孩一直精神狀態很不好，醫生診斷為中度慢性精神病。也就是說，她成了神經病。至於張雨，她一直沒有找到。她的父親，也聯絡不上。」

沈思將該講的都講了出來，但是卻絕口不提什麼事情正困擾著他。

車上所有人聽完了故事，都沉默起來。我的腦袋思考個不停，久久沒有言語。

「沈大老闆，既然趙麗雲已經瘋了，你是怎麼知道這個故事的？」周成開口問。

「雖然是瘋子，還不是死人。趙麗雲只是中度精神病，終究有清醒的時候。畢竟最近一段時間出現了許多學生的莫名失蹤案，而趙麗雲是失蹤後唯一回來的人。所以警方對她很有興趣。」沈思回答，「警方派專人趁趙麗雲清醒時為她做筆錄，這才斷斷續續的得到了我剛才講的故事。」

頓了頓，他又說：「其實警方還有幾點一直都沒有告訴家長們。他們失蹤的兒女，全部不約而同是在冠宇大廈的那條路線附近消失的。而且年紀也都差不多，全是十七八歲左右。冠宇大廈上的監視器顯示，張雨和趙麗雲的失蹤事件，和其他孩子沒有任何的不同。」

「所以警方有理由相信，其餘的孩子們，都是因為偶然登上了一輛巧妙避開了監控，且被某些惡勢力控制的報廢公車後，被綁架了。」

風雅苦笑，「警方的『有理由』猜測還真是夠味道啊。」

是啊，經歷過那麼一段鬼公車的搭乘體驗。不論是誰，都有充足的資格嘲諷警方的猜測。

我沉吟了半晌，才問：「張雨的父親，是誰？」

周成和風雅被我突然的問題弄愣了，「這和我們現在談論的有關係嗎？」

反而是知道內情的沈思臉色一變，稱讚道：「奇奇先生的大腦構造果然和別人不一樣，立刻就發現了關鍵問題所在。」

他嘆了口氣，輕輕吐出了一個名字，「張雨的父親，叫張栩。」

「什麼，居然是他。怎麼這麼巧？」風雅與周成同時瞪大了眼。張栩，不是傳說中二十多年前，唯二從那輛失蹤的鬼公車下車的其中一個人嗎？在他們所知道的兩個故事版本中，唯一相同的便是張栩這個人。

我冷哼了一聲，「你們真的到現在還認為這僅僅只是巧合嗎？」

沈思公司的公務車不停向著源西鎮行駛。看著窗外不斷劃過的黑暗風景，我的心在逐漸一點一點的變冷。

風雨欲來，整個源西鎮都落入了一股怪誕的磁場中。不，或許這詭異的磁場，早在二十多年前的一九九三年就已經籠罩在了這個邊陲小鎮上。

而開端，恐怕便是今天我們見到過的，追著十八號公車跑的鬼般的女子。那個女人手裡抱著一個酒罈似的怪玩意兒。當時我就感覺到那酒罈有些眼熟，現在想來，同樣的酒罈我似乎在不久前才看到過。

當時小蘿莉妞妞失蹤了。在時女士家附近的地底，居然有個怪異的碩大洞穴，洞穴中就有著這麼一個一模一樣的酒罈。

酒罈中，裝的是一個詭異的胎兒屍體。

（詳見《夜不語詭秘檔案701：嬰胎》）

那具可怕的屍體來源不明，卻陰魂不散的纏著妞妞。而現在源西鎮，也出現了另一個酒罈，這到底意味著什麼？

二十三年前的十八號公車上，究竟發生了什麼可怕的事？今天出現了只有我們五人看得到的濃霧、紅線，以及早已失蹤的鬼公車。為什麼偏偏會在今天，唐突的再次出現呢？任何不尋常的事件都不會無緣無故的發生。

肯定是因為某個人觸發了某種機制，才會發生今晚的事。

可觸發如此超自然現象的誘因，到底是什麼。如果真的如我猜測的那樣，我們五人之間有某種關聯。那麼那種關聯又究竟是什麼？摳破腦袋，我都覺得五人中，自己和李夢月，沈思、風雅與周成兩組人馬之間，都是毫無瓜葛的。

我和李夢月同樣失憶了，算是同一類人。風雅、沈思和周成，同為源西鎮本地人，算是一組。歸根究柢，我找不到兩組人有任何相同點。

或許，是我得到的資訊，還不夠。

「不是巧合，是什麼？」風雅偏著腦袋，看向我。

沈思也算聰明，他用手指敲了敲杯子，「我也和奇奇先生想的一樣，這恐怕並非巧合。」

周成點了點腦袋，「張栩在二十二年前搭上十八號公車活了下來，而之後他的女兒張雨，居然也搭上了同一輛車。怎麼想，都覺得這當中有些古怪。」

「不錯！」我點點頭，說出了自己的想法，「各位，知不知道什麼是空間非確定流向論？」

「這聽起來就很厲害的名詞，不要說知道，就連聽都沒有聽說過。」眾人一愣之後，全都搖頭。就連一直坐在我身旁，沉默不語的李夢月都有些覺得奇怪，不知道我為什麼要扯到這麼一個聽起來很高深的理論上去。

「這樣說吧，今天下午，不，已經是昨天下午了。」我掏出手機看了幾眼，時間顯示著凌晨十二點半，「當濃霧瀰漫到源西鎮時，我們的手機就失去了訊號。而濃霧消失後，訊號也恢復了。這個現象很讓我在意。若是那些霧氣有屏蔽手機訊號的功能，可幽靈公車明明一直都在濃霧之上，頭頂是無垠的天空。所以霧氣和手機丟失訊號，這兩者之間並沒有必然的關聯。」

「這反倒成為了一種證明。一直以來，我都在揣測那白霧、以及白霧中的紅線是什麼玩意兒。想來想去，也得不出個結論來。

但是美國科學家德爾科．畢博有一個理論。那就是著名的『空間非確定流向論』。他認為空間和時間隨著宇宙大爆炸而擴散。每一千年，地球就會往前行駛一光年。這也就意味著，一千年前，你點亮了一根蠟燭。一千年後，那根蠟燭，其實還在距離地球一光年的地方燃燒著。

根據這個理論，奇異空間就成為了可能。所謂的奇異空間，便是空間蟲洞效應的一種。蟲洞並不神秘，德爾科說它不僅僅只在宇宙真空裡出現。人類的任何活動都會產生蟲洞。」

說到這裡，我的語氣稍微頓了頓，讓車上的人能消化理解，「如果非要用科學理論解釋今天發生的可怕事件。那麼蟲洞效應，是唯一能夠解釋的理論。」

不知道失憶前的我是怎樣的一個人，但是現在的我，是個徹頭徹尾的科學迷信者。或許，自己的觀念從來都是始終如一，沒有改變過。自己，不太相信，那輛所謂的幽靈公車，是真的在鬧鬼。

「源西鎮上的白霧，或許就是一條線狀空間。陷入其中的我和李夢月，以及你們三人。全都是因為滿足了某種條件，而進入了突然出現的蟲洞裡。

這個蟲洞中的一切，都和現實中不盡相同。它有著它的規則。在它的規則裡，二十多年前消失的十八號公車、司機和售票員，還有那個拿著罈子的鬼一般的女人，都因為滿足了一定的規則而出現。當然，這僅僅只是我的一個簡單的猜測，還沒有任何證據能夠證明。」

所有人都聽矇了，沈思揉了揉太陽穴，「奇奇先生，你突然說出這麼深奧的理論，我們實在不太容易理解啊？」

「那麼我就再解釋得更簡單一些。」我皺了皺眉頭，用手機打開繪圖程式，隨後畫了一根蠟燭，「簡而言之，如果將二十二年前的十八號公車比喻為一根燃燒的蠟燭。

那麼，那根蠟燭燃燒的時間，已經經過了二十二年之久。套用空間非流向論的公式，燃燒的蠟燭，離我們現在所在的空間，大約有兩百零八兆公里遠。」

我在蠟燭後方，畫了一條線，「這條線就是現在的我們和二十二年前的公車之間的時間以及距離。正常的情況下，我們是不可能跨越這條線的。畢竟空間也有空間它自己的規則。哪怕以現代人類的科學，也絕對不可能穿越得了。」

「但是，我是說但是。假如在二十二年前，十八號公車上發生了某件詭異事件。那個事件因為某種契機，造成了巨大的能量輻射，從而打開了一個蟲洞。而那個蟲洞，至今都還存在。只需要滿足相應的條件，蟲洞就會把相關的人捲進去，再次送回到二十二年前的那輛公車上。不斷輪迴重複。」

周成疑惑道：「你的意思是說，我們因為滿足了條件，所以穿越了時間和空間，回到了從前？」

我沒有點頭，也沒有搖頭，只是隨手抽了一張紙，「當然也不是真的穿越了時間。而是空間和時間被突然折疊了。」

我在長方形的紙張上點了兩個點，然後將紙對折，兩個點立刻便背靠背重合在了一起，「你看。蟲洞本來就有折疊空間與時間的作用。但是，僅僅只限於點與點之間的重合。而那個點的媒介，便是十八號公車本身。所以我猜，風雅和周成，你們的故事版本中，關於公車的部分，還有一點是錯誤的。」

「那便是，十八號公車自從失蹤後，其實自始至終，都沒有被找到！」我轉頭，一眨不眨的看向沈思，「沈思先生，相信你調查過那輛車，我說得沒錯吧？」

沈思一愣，接著用力的點了點頭，「不錯。我拜託警局的朋友翻過檔案，車確實沒被找到。」

「然後，我們聽到的其實是所謂的都市傳說。二十二年前發生在十八號公車上的事，另有情況？」周成與自己的女友用力眨巴了幾下眼睛，有些不太願意相信。

「那時候究竟發生了什麼，恐怕也只有張栩以及跟他一起下車的老婆婆清楚了。之所以沒有真實的版本，可能是他一直都沒有說實話。」我將酒杯中的紅酒一飲而盡：「最有可能的是，其實那兩個人本應該也隨著車一同失蹤。可是他們倆偏偏比其他的乘客多做了一件事，所以才幸運的活了下來。」

沈思聽著我的推理，眼裡交雜著佩服以及一股莫名其妙說不清道不明的複雜情緒，「我調查了十八號公車各方面的資料，也得到過同樣的結論。奇奇先生，你簡直是神人。居然只憑著這一丁點訊息，就推測出來了。」

我的瞳孔微微一縮，不知為何，從他的臉上，我老是會感覺到危險。

「所以，你其實是知道，自己為什麼上車的，對吧？」我用淡淡的目光注視著沈思，這位圖譜教育的老總，絕對知道一些我們都不清楚的東西，「否則，這一個多禮拜，你也不會足不出戶。就連時悅穎身旁多了我這麼個未婚夫都不清楚。最重要的是，你似乎很清楚十八號公車和你之間的關聯，也知道，它會要你的命。哪怕你一次又一次的躲過了，可總有一次，你會上了車，便再也下不來，活生生的人間蒸發。」

沈思被我說得臉色僵硬，用力喘了幾口氣。

我冷笑了一聲，「既然直到現在你都如此嘴硬，那麼我也不想多問了。畢竟這是你的私事。」

風雅以及周成的眼神在我倆臉上巡遊了幾圈，有些不知所措，「這個，看不出來你們還是情敵啊。」

「情敵。呵呵，談不上。」我搖了搖頭。時悅穎根本就不喜歡他，甚至對他很厭惡。用情敵來稱呼他，有些太侮辱自己了。

沈思臉色不停變化著，直到車開入源西鎮，我們準備下車前，始終都不願意告訴我，他身上發生了什麼要命的糟糕事。

我們幾人互相留了電話後，我以及李夢月就在博時教育的大樓前下了車。剛跨入公司的側門，就見御姐總監茜茜，以及財務小涼姐急急匆匆的奔出電梯。

「混帳，你怎麼現在才回來！你怎麼不去死！」御姐一把拽住了我的衣領，臉上滿是驚恐與害怕。

平時一臉恬靜、天塌不驚的小涼姐也是慌得不得了，語氣發抖的顫顫道：「小奇先生，妞妞失蹤了。悅穎，她去找妞妞後，也失蹤了……」

# 第七章 逃不脫的幽靈

有一個叫做「奧卡姆剃刀」的理論，說的是通常情況下最簡單的那種解釋，其實往往才是最正確的。

比如說，有個女友一直若即若離的男人這麼想，「只要給女友足夠的時間，我愛的人總會知道我對她有多重要，別看她現在不接我電話，還騙我說有新男朋友，不愛我了。但她一定是在考驗我對她的愛，所以才會故意這麼折磨我。」

其實呢，還有一種更簡單的解釋，說不定那才是正確的——我愛的那個人，其實只是將我當作備胎而已。現在已經找到正牌貨，備胎已經不需要了，所以將我踢了。

如果按照這個理論，一直以來，對於許多事情，我說不定都想得太複雜了。當得知時悅穎失蹤後，我驚慌失措了幾秒鐘，之後腦袋裡逐漸開始思考起最近接連發生的一連串事件來。

根據「奧卡姆剃刀」的理論，肯定有促使這些事情發生的最簡單的解釋。

我皺著眉頭，一聲不吭的在大腦中不停整理著。

自從自己失憶，被時悅穎撿了回去後。之後的事態發展，一直都處於「驚心動魄」這個形容詞的領域當中。詭異的事情從未停歇過，令人無法喘息。而且，一開始全都繞著妞妞的周圍發生著。

不久前的「陰胎」事件裡，出現了一個叫做安德森．喬伊的荷蘭人，他在一百多年前於案骸鎮照的那張古鎮照片，為什麼會附著恐怖的空間能量，甚至能死賴在第一個接觸到它的生物上？

同樣源於案骸鎮棺材鋪古井下，那個盛放在酒罐子中的嬰胎，又是什麼鬼東西？為什麼它一定要賴著時女士的女兒妞妞？甚至，還想寄生到時女士的子宮中？還有那個出現在照片中的駝背男人，我徹查了案骸鎮的歷史，始終沒有在紀錄中找到這個人究竟是誰。

他彷彿憑空出現的人似的，就那樣生存在照片裡的棺材鋪中，無論時間流逝了多少年，都不會消失……

現在，事件的發展更加弔詭了。甚至連時悅穎也突然失蹤了，這弄得我思緒如亂麻般無法理清。

當晚深夜，我駕著從小涼姐那裡借來的車，不停行駛穿梭在城市中。

「我們，要去，哪？」三無女李夢月冷漠的跟著我，死賴著不下車。女孩的藉口是，她也需要找到時悅穎，問清楚一些東西！

根據小涼姐的調查，時悅穎上了城西的高速公路後，就再也沒有下來過。任何交流道出口，都找不到她的車曾經出現過的紀錄。她，就那麼消失了，猶如人間蒸發了一般，消失得無影無蹤。

當我開完城西高速公路後，自己在最近的交流道下了高速公路，猛地靠邊停車。我一句話也沒有說，只是將車窗打開，愣愣的看著已經泛白的天際。魚肚白的天空下翻滾著冰冷的空氣，猛地灌入鼻腔，讓我的鼻子酸酸的，有一種想要落淚的衝動。

雖然一直以來我都表現得很鎮定，對失憶毫不在乎。但是任誰失去了所有的記憶，都不會真的不在乎的。在我最迷茫的時候，時悅穎出現了。她用自己溫暖的小手牢牢牽住了我，對我的愛和熱情熾烈得我無法喘息，同樣也沖淡了我內心的惶恐。

可是她，她真的失蹤了。

高速公路上，她失蹤的地方，完全找不到任何線索。這令我越發的不知所措。用一句老生常談的話來說，只有失去了，才清楚擁有的珍貴。

這話之所以是老生常談，便是因為，它是真理。

我將腦袋埋在方向盤裡，一動也不動，漿糊般的腦袋一片空白。在高速公路上行駛的過程裡，自己已經用盡了一切辦法。

小涼姐發覺時悅穎失蹤後，採取的行動很迅速。用盡人脈資源，得到了高速公路管理方的監視器畫面。透過分析，管理方很確定時悅穎失蹤於 G17段和 G25段之間。

這就意味著兩個監控只隔了短短的八公里，以平均時速一百公里的高速公路而言，整段只需要四點七分鐘。

就是這四分多鐘，時悅穎便無來由的消失了。可是高速公路是有護欄的，兩個監控之間也沒有任何出口。她究竟是怎麼連人帶車不見的？人找不到了還好說，那麼大一輛車，又是怎麼突然說失蹤就失蹤的？

一切都違背了物理法則。

不對，或許其實也在物理法則的體系中。只是空間被置換了，就如同那輛二十二年前就已經失蹤的十八號公車一樣。時悅穎的失蹤，恐怕也遵循著某種規則。

見我趴著，肩膀一抽一抽的，三無女李夢月用她冰冷徹骨的聲音問：「你在，哭？」

「哭妳個大頭鬼。」我抬起頭，瞪了她一眼，「我在思考。」

穿著單薄白色裙衫也不覺得冷的三無女朝窗外望去，視線觸及了車後的高速路，輕聲道：「你在，擔心，她？」

「當然，畢竟，我是她的未婚夫。」天越來越亮了，路上川流不息的車從我的車旁經過，猶如一群群忙碌的白蟻。我的視線麻木呆滯的望著車，突然，自己猛地像是想到了些什麼。

「妳還記得，那個穿著棉襖，鬼一般的女人嗎？被妳扔下車那個？」我問。

女孩點了點頭。

「妳抓到她的時候，是什麼手感？」我繼續問。

三無女一愣，「手感？好像很Q。」

「像QQ糖一樣Q？」我極為認真的問。

自己的問題把李夢月給弄矇了，她有些摸不清楚我在想什麼。明明是件挺噁心的事情，卻彷彿成了談論好吃的軟綿綿的食物。呃，越想越噁心。

「它的衣服，觸感，很，糟糕。」李夢月艱難的想找出正確的措辭，努力描述那個鬼女的觸碰感受，但是隨即就失敗了。

我回頭在背後的高速公路上再次瞅了兩眼，搖頭道：「算了。總之我覺得自己已經有些頭緒了，我準備立刻回博時教育，做幾個實驗。妳呢？」

「跟著，你。」三無女不假思索的回答。

我皺了皺眉，也沒再多理會她，只是掏出手機撥給小涼姐，「小涼姐，請妳幫我準備幾種液體試劑。還有動用所有資源，幫我查查源西鎮一個叫做張栩的人。對，他所有的一切都要查。重點在一九九三年之後，他，到底在幹些什麼？」

「液體試劑？你要這些不太好弄的化學物品究竟想幹嘛？」聽完我的要求，小涼姐倒抽了一口氣，「還有，怎麼你也要查張栩？」

「有人在查張栩？」我的瞳孔猛地一縮。

說漏嘴的小涼姐苦笑了一番，「唉，這個事，我不能說。畢竟——」

「有什麼不能說的。」我打斷了她，「能差遣得動妳的人，整個博時教育只有兩個。無非是妞妞的母親時女士，以及時悅穎而已。」

時悅穎暫且不說，時女士的可能性最大。怪了，她為什麼要查張栩？出於什麼目的，還是她有什麼事依舊在瞞著自己，或者說是瞞著時悅穎和妞妞？

話到這兒，我微微一頓，語氣加重了許多，「其實別以為我不知道，只是我一直都不想時悅穎擔心，所以並沒有說出來罷了。剛到公司時，我就察覺到了。妳，還有御姐總監茜茜。妳們一直都是博時教育的重要幹部，可或許，就連時悅穎、甚至時女士都不曉得。妳們根本就不是普通的員工，對吧！」

電話那一端的小涼姐聲音一抖，「你、你究竟在說什麼啊！」

「別跟我裝傻了。」我不耐煩起來。自從知道時悅穎失蹤後，不知為何，我滿肚子的火氣，「小涼姐，妳如果真想救時悅穎的話，就把妳一直隱瞞著的東西統統告訴我。」

說完，我毫不猶豫的掛斷了電話。

自己之所以沒有對小涼姐使用「找到」這個詞，而是用了「救」這個詞，其實是有意義的。小涼姐以及御姐總監的驚慌失措，早已經超過了「重要的人失蹤」的擔心。從她們擔心受怕的臉色可以看出，時悅穎絕對有生命危險。

一直潛伏在時女士公司的茜茜和小涼，兩人也不怎麼簡單。至今，我也搞不懂她們是敵是友。

偏頭想了想，自己隨後又撥給了昨天一起經歷過十八號鬼公車事件的風雅、周成和沈思。和他們三人約了下午四點，在一家咖啡店集合後，這才駕駛著車，朝博時教育所在的大樓開去。

自己的大腦中有一個疑問，一個非常重要的疑問。只有解決了這個問題，一直以來困擾著自己的疑惑，才會有一條清晰的主線。

想要得到妞妞以及時悅穎失蹤的線索，也只得如此了。

要快，必須要快。心底深處，老是有一股風雨欲來的感覺，自己的周圍彷彿縈繞著一個陰謀，一個隱藏得猶如馬里亞納海溝一般深的陰謀。

如果不夠快，自己恐怕就再也沒法救出那個溫柔婉約的美麗女孩，時悅穎了。

一路將車開得飛快。回到公司，才發現御姐茜茜以及小涼姐都不在公司。衝到準備室拿了自己要求的化學試劑後，我要李夢月替我守住化學實驗室的門，隨即便鑽入教室裡做了幾個測試，接著才滿臉陰霾的走了出來。

「得到，答案，了？」三無女絲毫不問我在做什麼實驗，只是瞧了我黑漆漆的臉一眼，輕聲問。

「嗯。」我點點頭，「事情，真是比我想像的更加糟糕。我們立刻去找小涼那女人！」

剛走到公司辦公室就有一位女性職員攔住我，並遞來了一封信：「奇奇先生，這是小涼姐和茜茜姐留給您的。她們臨時有事要離開公司一段時間。小涼姐說，你看了這封信就會明白了。」

聽完這番話，我頓時覺得手腳冰冷，迫不及待的將信扯開，裡邊有三張紙。其中兩張是張栩的資料。最後一張是一封小涼給我的，簡短的留言。

自己看完留言後，黑漆漆的臉色，變得更加黢黑。咬牙切齒的將信件收好，自己憤怒的眼珠都充了血，「走，去咖啡館和沈思他們三個人會合。」

該死！該死！果然如此，果然一切都是有關聯的。該死，怎麼自己沒有早點察覺？

下午四點整，當我和李夢月走進咖啡館時，周成三人已經等在了裡邊。他們三個的臉色也不太好看，似乎一整天都被某種可怕的東西折磨著。生不如死。

他們見到我，不，主要是看到李夢月後，不知為何，都鬆了口氣。

我坐到座位上，一聲不哼，只是點了一杯卡布奇諾，將咖啡上的泡沫使勁兒的朝黑色的液體中攪拌。

大家都沉默著沒開口。

過了許久後，心不在焉的我才緩緩道：「說吧，你們身上有發生什麼趣事嗎？」

「趣事？」一直表現得少根筋的周成冷笑了一下，「如果這都算是趣事的話，恐怕人間就真有真情在了。」

我瞅了他一眼，「你遇到了什麼？」

「不，應該說我們所有人看到了什麼。或許，我們看到的是同一樣東西。」沈思猶豫再三，終於開口道：「還是，讓我先說吧。」

「我看到車了，昨天那輛破舊的十八號公車。」他的聲音顫抖了幾下：「就停在我家門口，只要一開門就能看到它，它的車門敞開著彷彿在等我踏進去。我完全甩不開它，可最離奇的是，那輛車似乎只有我看得到，家裡的傭人根本看不見。」

周成以及風雅一邊點頭，一邊笑得苦澀，「不錯。我們看到的東西和沈老闆一模一樣。我和風雅同居在老社區，出門就是大街，而那一輛幽靈公車就停在馬路上。來往的人沒有一個注意到它。它就如同幻影，但是卻一直跟著我們，陰魂不散。無論我們去哪裡，只要開門，就一定能看到那輛車。它的門一直敞開著，不知為何，就是想逼著我們走上去。」

說完，三個人同時打了個冷顫。

我皺著眉，撓了撓頭，「有趣。你們遇到的事，我和李夢月都沒遇到。看來我們和你們三人，果然沒有什麼必然的關聯，那輛鬼公車要的只有你們而已，我以及李夢月上次或許是陰錯陽差，或者基於某種原因意外的上了車。」

話一出口，周成和風雅就大吃一驚：「怎麼會……」

就連沈思也大為意外，臉色頓時變差。

「你們以為只要和李夢月在一起，那麼不論多少次，她都能像上次那樣救你們，對吧？」我撇撇嘴，「世上，哪有那麼好的事？」

風雅扯著嘴角，剛想說什麼。沈思舉起手輕輕的擺了擺，女孩立刻將話給吞了回去。這三個人事先彷彿商量過什麼。

「奇奇先生，如果我們真的希望李夢月小姐能在關鍵時刻，出手相救的話。」沈思一眨不眨的盯著我的眼睛，「你希望得到什麼？一切，我的一切都可以給你。」

「你的東西，我不感興趣。我知道你們在想什麼，也知道你們即將要幹什麼。」我突然笑了一下，皮笑肉不笑，「我只有一個要求！」

「我答應。」沈思沒等我說出要求，就已經毫不猶豫的答應了。

看來事情已經糟糕到沈思覺得山窮水盡的地步。這個精明的人如果不是被逼到絕路，絕對不會這麼爽快。

「那好。」本以為要費一番口舌，卻意外達到目的的我，頓時也爽快起來。絕口沒再提自己的要求，反而說出了一句話。一句令周成、風雅和沈思三人全都驚呆了的話。

「其實，你們三個的關聯，那輛十八號幽靈公車為什麼會陰魂不散的追著你們的答案。我想，我已經找到了！」

## 第八章 寂靜公車站

這個世界有許多問題，其實是無解的。

例如，為什麼說天上有四十億顆星星有人會信，但是告訴他們油漆沒乾，卻偏要用手摸摸看？

又例如，電影院座椅扶手的歸屬究竟如何劃分？

再例如，自己，究竟在哪兒？

時悅穎從漫長的昏迷中清醒過來。她睜開了眼睛。可是周圍的一切，依舊是黑暗的。她想要伸手揉揉腦袋，才驚訝的發現，自己連手帶腳都被捆住了。她躺在一塊冰涼的物體上，身體下方還傳遞著可疑的震動。

奇怪了，這是怎麼回事？她察覺到自己應該是在一輛不斷行駛的車上。可何時上的車，什麼時候被綁著，她卻無論如何也想不起來。

時悅穎用力掙扎了一番，手腳上的繩子捆得很緊，根本就掙脫不了。就在這時，她的身旁傳來了一個微弱的、萌萌的聲音：「小姨，別浪費力氣了！」

「妞妞？是妞妞嗎？」時悅穎一喜，大聲問道。

妞妞連忙湊過來，緊張的說：「噓，小姨，小聲點。」

「這裡是哪兒？」時悅穎皺了皺眉，聽話的壓低聲音：「妞妞，妳不是失蹤了嗎？難道也是被綁架了？究竟發生了什麼事？」

「妞妞被一個怪女人綁架了，然後塞進一輛破舊公車的行李廂裡。」妞妞縮了縮腳，用腳趾將手機的螢幕按開。微弱的光立刻散發出來，將這個不算大的空間填滿。

這裡果然是公車下半部的行李廂，由於是老式結構，所以行李廂被分成了好幾個部分。時悅穎所在的行李廂大約長兩公尺，高八十公分，哪怕只是想坐起來都很艱難。

密閉的空間中散發著一股噁心的腥臭味，地面鐵板上甚至還殘留著殷紅的血跡。妞妞就躺在不遠處，用力撥弄著捆住手的繩索。她已經掙脫了一大半，眼看再費一番功夫就能夠將手抽出來了。

「小姨，妳再忍忍。等我搞定這條繩子，再幫妳。」妞妞藉著微弱的光，一邊順著繩索的紋理結構扭動，一邊安慰自己的阿姨，「放心，現在小奇奇哥哥一定發現我們失蹤了。以他那麼聰明的頭腦，肯定能救我們出去。」

時悅穎苦笑著，搖了搖頭。自己遇到的事情太古怪了，明明是在高速公路上正常行駛，可是突然就被迷霧襲擊了。她下車後，更遇到一個古怪的可怕女人。

那個詭異的女人，哪怕是現在回憶，都有一股令她凍徹心腑的恐懼感。時悅穎很矛盾。一方面希望小奇奇來找她。另一方面，又不願意小奇奇涉入太深遇到危險。

陷入愛情中的女性，總是矛盾的結合體。

畢竟高速公路上發生的一幕，怎麼想都超越了常識。似乎背後有一股超自然的力量在操縱著。

（詳見《夜不語詭秘檔案701以及702》）

既然現在自己和妞妞都被綁架了，那麼這股操縱著超自然力量的東西，難道是，人類？

「小姨，我們要快一些。」妞妞好不容易才解開手上的繩子，之後隨即開始解腿上的。她似乎很焦急，「如果不快一點的話，這輛恐怖的公車，真不知會將我們帶到哪裡去！」

時悅穎的腦子有些亂，「妞妞，妳是不是知道些什麼？」

妞妞粉嫩的小臉蛋微微一變，但立刻就掩飾了過去，「呵呵，沒什麼。」

「妞妞，小姨告訴妳很多次了，不許撒謊。妳究竟知道些什麼？」六歲的妞妞雖然比普通小孩，甚至大部分成年人都要聰明得多。但是她的社會閱歷畢竟太淺，時悅穎很快就發現了這小蘿莉有點異常。

替她解繩子的妞妞手猛地一抖，突然「哇」的一聲哭了出來，「我在公車上替一個被小偷盯上的阿姨解圍，可是卻被那個阿姨給綁架了。小姨，妳知道為什麼我要替她解圍嗎？」

時悅穎也很納悶，對啊，妞妞這蘿莉什麼都好，就是對外人冷淡，戒備心也很強。

好人好事怎麼想都不適合她。

「因為那個阿姨，長得很像茜茜姐。」妞妞抹著眼淚，「是中年版的茜茜姐，所以我一心軟，就幫了她。果然和小奇奇哥哥說的一樣，做好事遭雷打。嗚嗚，實在是太可怕了。那位阿姨，彷彿厲鬼一般，將我拽下車後就變了臉。我好怕！」

時悅穎如同被雷擊中般，「長相和茜茜相似的女人？妳確定她長得很像茜茜？」

妞妞皺了皺眉，「小姨，妳是不是知道什麼？」

擺脫了繩索束縛的時悅穎揉了揉太陽穴，「總覺得，好像想到了什麼。可是老是抓不住。」

女孩很苦惱，一直以來，圍繞著自己、圍繞著妞妞和姐姐，彷彿真的有一股詛咒的力量在纏繞著。而隨著小奇奇的出現，那股詛咒般的超自然能量越演越烈。至於茜茜，甚至小涼，現在想來，她們倆似乎也有可疑的地方。

妞妞彷彿從她的臉上看出了什麼來，「小姨，妳是在懷疑茜茜姐和小涼姐姐嗎？」

時悅穎沒有點頭，也沒有搖頭。

「妳一定是懷疑她倆。」鬼靈精怪的妞妞壓低聲音，賊兮兮的道：「其實，我老早也在懷疑她們了。她們對我特別好，好到已經超出了普通人對可愛小女孩的範疇。」

時悅穎苦笑起來，「好啦，可愛小女孩，咱們還是先想想該怎麼逃走吧。」

她不太想談論這件事。

妞妞卻不依不饒的加了一句，「其實前幾天，小奇奇哥哥也偷偷問過我茜茜姐和小涼姐的事。或許哥哥也在懷疑她們──」

「夠了妞妞，茜茜姐她們沒有問題。是站在我們這邊的人。」時悅穎不想再說下去。

妞妞很執著，「小姨，妳果然有事情瞞著我。」

說到這兒，小蘿莉突然大聲又問了一句，「小姨，時悅心，是誰？」

「時悅、時悅心？」時悅穎猛然間結巴起來，臉色也跟著大變，「妳怎麼會知道這個名字？」

妞妞提到這個名字時，也是通體發冷。她想到了瘋狂的叫自己名字的，紙娃娃一般的小女孩，「我不叫時悅心對吧。妞妞是有名字的！」

「對，妞妞有名字。」時悅穎用力的踹了踹行李廂的鐵皮，空蕩蕩的碰撞聲頓時迴盪在整個行李廂中，震得耳膜無比難受，「這輛車，究竟是什麼車啊？」

她又一次岔開了話題。

「妞妞被扔進來時，有偷偷瞥到一眼。似乎是一輛老舊的公車，寫著十八號什麼的。車身很破爛，是紅色的。」妞妞很聰明的沒有再繼續問下去。

「十八號公車？源西鎮哪來的十八號公車？我從小在這裡長大都沒搭過啊？」時悅穎疑惑道，「不管了，先從行李廂裡逃出去再說。」

說著，她又使勁兒的踹行李廂的門。

「別費力氣了，小姨。雖然這輛車很老舊，但是行李廂哪裡踢得開？」妞妞撇撇嘴。

就在這時，在時悅穎的重踢之下，行李廂的車門突然敞開了。外界冰冷帶著潮濕的空氣，隨著門的敞開灌了進來。車外的黑暗帶著無邊的詭異，這輛綁架了她們的車，甚至沒有開燈。

車彷彿一輛在黑暗中爬行的蟲子，臃腫不堪，在泥土中默默鑽孔，詭異得很。眼前一片漆黑，除了暮色就什麼也看不到，時悅穎甚至看不到外界究竟是什麼情況。她愣了愣，好半天才呆呆的道：「這輛車的司機還真是神人咧，車燈都不開，他究竟是怎麼在晚上駕駛這麼久都沒出車禍的？」

說著，女孩打開手機中的手電筒功能，一束光立刻就穿刺到車外。冰冷的狂風中，LED燈的光線只刺破了幾公尺的黑暗後，便被吞噬殆盡。時悅穎和妞妞仍舊看不到任何景物，甚至不清楚公路兩旁是不是有明顯的標的物。

一如車外便是虛空，沒有任何物質，車彷彿只是在虛空中行駛，無依無靠。

「這、這到底是怎麼回事？我們究竟在哪兒？」人的恐懼感是無限的，特別是無法視物，也沒辦法弄清楚周圍環境的狀況之下。時悅穎瘋了般的想要打電話，但是手機就連一格訊號也沒有。

而GPS亦然，她們與外界的聯繫，徹底斷絕了。

「小姨，我怕！」妞妞畢竟只是六歲的小孩，面對詭異的一切，讓她不由得用力靠在時悅穎的肩膀上。

時悅穎半坐在行李廂中，又冷又餓又怕。但是卻只能強自鎮定，「先檢查一下車廂，看裡邊有沒有東西，讓咱們能判斷自己究竟在什麼地方。既然這是一輛公車，肯定有它應該行駛的路線才對！」

「也對。」妞妞偏了偏自己的小腦袋，若有所思。

她們找了一陣子，只找到了幾張報紙。

「怪了，報紙是一九九三年的。都過了二十多年了，居然還那麼新？」妞妞將報紙展開。這幾張揉成一團的報紙雖然有些破爛，但是紙質卻不算舊，怎麼看都不覺得是二十多年前的。

妞妞翹了翹眉，「小姨，手機借我用用。」

說著她在時悅穎的詫異中，拿過手機，再次打開手電筒功能將燈光照向外界。光芒刺出幾公尺遠後，仍舊被黑暗吞噬一空，什麼也沒剩下。

這一次妞妞看得很仔細，她一眨不眨的觀察著，之後才難以置信的嚥下一口唾沫，「真是太怪了。看起來光線像是被吞掉了，但其實根本就不是這樣。」

「什麼意思？」時悅穎瞪大了眼，她雖然知道自己的小外甥女聰明。可這小蘿莉有時候說的話，她經常搞不明白。

「小姨妳看，根據物理定律。光線也是一種能量，不斷向外擴散的能量。」妞妞在報紙上用指甲畫了一條線，「能量確實能被吸收。但是手電筒的光射出去後，似乎並沒有被吸收掉。因為光被吸收時，會出現擾流現象。如果仔細觀察，擾流現象是能用肉眼看到的。但是妞妞看了半天，卻沒有觀察到光線的擾流。這就意味著，光，射到了遠處。並且一直在向外傳播。」

作為只擅長文科的文組生，時悅穎一臉茫然，「妞妞，說人話。幹嘛非要學妳奇奇哥哥的口吻，弄得我想揍妳一頓。」

「小姨。是妳自己太笨了。」妞妞嘟著嘴，「我的意思很簡單。手電筒的光沒被吸收，之所以我們覺得它射出幾公尺遠就消失不見。是因為錯覺。這意味著，車外真的是虛空，無遮無擋，什麼也沒有。但是我們也沒有在太空裡，因為車外有風，所以肯定是有空氣的。」

「這怎麼可能！」時悅穎瞪大了眼睛，「我記得源西鎮附近，沒有如此空曠的地方才對。」

「小姨，妳還是沒有聽懂。這種空曠的地方，不只是源西鎮。恐怕整個地球上也沒有。」妞妞的小臉蛋上滿是無奈，她覺得跟自己的笨蛋小姨解釋物理，實在是一件費勁的事。

「我們，不在地球上了？」時悅穎又吃了一驚。

妞妞哪怕再聰明，也覺得現在的遭遇很難解釋，吃力的搖了搖腦袋，最後只吐出了六個字：「妞妞也，不知道！」

她們頓時沉默了下來，眼前無法解釋的一幕，實在令人沮喪甚至恐懼。如果她們真的處於一個光線無遮無攔到讓眼睛都產生了錯覺的極空曠地帶的話。那麼搭載著她們的這輛十八號老舊公車又是怎麼回事？

它有能力劃破空間？在虛空中行駛？

誰在駕駛著這輛車？又是誰將她們綁架到這輛車上來的？

既然是公車，那麼，這輛車的終點，又是哪？

一切的一切，都是謎。時悅穎在行李廂中的動靜不算小，可是公車完全沒有停下來查看的意思。只是一股腦的在這恍若虛空的地方行駛著，不斷向前。

不知不覺，車外灌入的空氣，越發的冰涼起來。

「好冷啊。」時悅穎拉了拉單薄的外套。空氣裡飽含著陰森森的邪氣，讓她感覺不太好。

六歲的妞妞神情嚴肅，小小的她也覺得隨著車的前行，周圍越來越不對勁兒了。咬了咬嘴唇，她開口道：「小姨，做個決定吧。」

「什麼決定？」時悅穎詫異的問。

「現在，我們該怎麼辦？這輛車上沒有水和食物，也不清楚究竟什麼時候會停。我們早晚會餓死的。要不，跳車試試。」妞妞說：「橫豎是死，說不定跳下去後，我們就能回到正常的源西鎮了。」

「跳車？」時悅穎望了外邊一眼。黑暗仍舊包圍充斥著一切，由於沒有標的物，現在的車速根本無法估計。饑餓感不時冒上來，但唯有饑餓，才能令她感受到一絲還活著的真實。

四周寂靜無聲。就連車輛行駛的聲音也沒有。這讓時悅穎腦袋混亂得幾乎要瘋掉了。如果不是妞妞還在身旁的話，她或許早就選擇跳車試試了。可是妞妞才六歲，身為長輩，有責任和義務保護她，讓她活下去！

仔細思忖後，時悅穎終究還是搖了腦袋，「不行。這輛車雖然古怪，而且很不正常。但現在我們至少還活著，沒有危險。這證明綁架我們的人，並不想我們死。」

「小姨，妳太食古不化了。妞妞覺得只有跳下去，才有一線生機。」妞妞對小姨的選擇無法認同，這人小鬼大的小蘿莉也沒再多囉嗦，她眼珠子一轉，決定自己先跳車試試。

現在的狀況超越了常識，只有透過非常識的行為，才能躲過一劫。綁架她們的人肯定猜不到她能掙脫繩索，甚至選擇跳車求生。

作為妞妞的阿姨，哪看不出來自己外甥女的想法。正當妞妞偷偷靠近敞開的行李廂門時，時悅穎一把拽住了她。

「妳想幹嘛？」女孩瞪了小蘿莉一眼。就在拉到妞妞手的一瞬間，時悅穎突然整個人都呆住了。

「別拉著我，小姨，妳……咦。那是什麼？」想要掙扎著跳車的妞妞看到自己小姨的驚訝表情，也轉頭朝車外望去。立刻，她也如同受到雷擊般，呆在原地。

只見斜前方，漆黑一片的外界，突然出現了一塊微弱的亮斑。人類本能的畏懼未知與黑暗。在這片無窮無盡的黑暗中，哪怕那塊亮斑極小，也頓時令妞妞打消跳車的意圖。

時悅穎也興奮起來，「那塊亮斑似乎離得不遠。而且公車也在朝那個方向行駛，難道那兒就是終點站？」

「有可能。既然這個空間一直都沒有任何光線，那麼肯定不會莫名其妙的出現一塊光斑。那地方肯定有它存在的理由。」妞妞急忙滿行李廂的找起來。

時悅穎莫名其妙道：「妳在找什麼？」

「當然是武器囉，既然我們被綁架是人為的。那麼當車停下時，綁架者肯定會出現。到時候我們攻擊個出其不意。」這六歲小蘿莉八成隱藏著暴力屬性，空蕩蕩的行李廂中自然什麼武器也找不到。於是小蘿莉掂了掂用來照明的手機：「小姨，妳的手機結不結實啊？」

「不知道。」時悅穎愣愣的看著小蘿莉，「妳不會是準備拿手機當磚頭砸人吧？」

妞妞用小短手比劃了幾下，搖頭嘆息道：「不行，這款手機的現任CEO都出櫃了，肯定一敲就彎。」

「我懶得理妳！」時悅穎伸手敲了小蘿莉的腦袋一下。心裡卻甜甜的。小蘿莉人小鬼大，一直擔心自己害怕，才沒事找事的活絡氣氛。

兩人互相吐槽著，實際上一大一小的膽子都提到了嗓子眼。車在黑暗中不停朝亮斑前進。越來越近。在她們的視線中，本來微弱得猶如隨時就會熄滅的火柴般的亮斑，隨著距離的縮短，越發明亮起來。

有了亮光這一對照物，她們對公車的車速也有了個底。

這輛車，似乎正在減速。

又過了大約五分多鐘。亮光已經明亮到刺滿了雙眼，視線裡除了那個亮點外，什麼也看不到。黑暗在消散，本來的一個亮點變成了許多個。時悅穎這才發現，這所謂的亮點，其實是路燈。

十八號公車行駛到了正常的公路上。隨著剎車的尖叫，詭異的公車緩緩停了下來。最終停在了一棟建築前。

「車停了？」小蘿莉妞妞探頭探腦的向外看了一眼，路燈很昏暗，將整條路渲染得猶如鬼域。她完全辨別不出，這是哪裡。

時悅穎等了一會兒，見車沒有開走的跡象，這才對妞妞說：「下去看看吧。」

車靜悄悄的停著，車外似乎也沒有綁架者的身影，更沒有人來拽住她們的頭髮，將她們扯下車去。一切，都太怪了！

恐怕唯有下車，搞清楚這是什麼鬼地方，或者找到和外界聯絡的辦法，才有可能逃掉。

「嗯。」小蘿莉用力的握著手裡的手機，高度戒備，只要有風吹草動就準備隨時用手機敲下去。

兩個人哆嗦著從行李廂鑽出來，雙腳站在了結實的水泥地面上。

時悅穎轉動腦袋觀察了四周幾眼，驚訝道：「這裡，似乎是個廢棄的公車站。」

「時家嶺車站。」妞妞讀出破敗不堪的站牌上的車站名，時悅穎猛地打了個冷顫。

「時家嶺車站？這，怎麼可能！」女孩一眨不眨的看向車站的方向，呆住了。

# 第九章　驚人的推測

有一個古怪的定律，名字也挺古怪的。叫什麼「海森堡測不準」。這個定律認為任何粒子在任何特定時刻的動量和位置都不可能同時測得。因為任何帶有動量的物體的位置時刻在發生變化，準確測量也就無從談起。

說實話，這是量子力學的一個基本原理。簡而言之，世上所有形式的公車系統和感情生活都適用該定律。

我個人認為，那輛詭異的十八號公車，也在這個定律的微觀準則當中。

我自己不是一個願意用迷信來解釋事物的人，就如同我常常提及的那樣，無論多少次，我都會將超自然現象，歸結為科學暫時無法解釋。所謂鬼神，肯定有科學的理論依據，只是我現在還沒有搞清楚罷了。

時悅穎和妞妞的失蹤，卻因為小涼留給我的一封信，而變得逐漸清晰起來。

其實整封信裡，只有兩句話：「奇奇先生。如果你真想救悅穎和妞妞，求求你，再上一次十八號公車。」

只需要這兩句，已經能夠分析出很多東西了。首先，博時教育的老員工小涼和御姐茜茜，果然有問題。她們跟整件事絕對脫不了關係。她們倆為了某種目的偷偷的潛伏在公司中。但是信裡，偏偏又流露出對時悅穎與小蘿莉的關心。

而那輛十八號鬼公車，小涼怎麼知道我上去過？那輛公車，和她們，或者她們背後的勢力有關係嗎？

那個勢力，又為什麼要綁架時悅穎以及小蘿莉妞妞，他們到底想幹嘛？

一切的一切都讓人想不通。但偏偏又合情合理。我腦袋如亂麻般糾結在一起，一如喘著粗氣舌頭耷拉在牙齒上快要窒息的狗，難受得要命。

「奇奇先生，你說已經知道我們之間的關聯了，這是怎麼回事？」沈思打斷了我的思考。

我沒有開口，反而從包包裡掏出兩個小玻璃瓶。左邊的瓶子中用液體泡著兩根紅色的線，而另一個瓶子裡，則是一塊碎布，一塊破舊骯髒的碎布。

「這是什麼？」風雅好奇的將兩個玻璃瓶拿起來仔細打量，但看來看去也看不出所以然。

倒是她的男友周成驚訝起來，「這根紅線，不會是昨天大霧中像蛇一般扭動，想要纏住我們的東西吧？」

「確實是同一類的東西。」說完這句話，我的語氣頓了頓，「但這兩根線卻不是從同一個地方取得的。其中的一根，是博時教育一位叫做孫影的女教師身體內長出來的。而另一根，才來自於霧氣中。」

話一說完，所有人都嚇了一大跳。風雅更是全身發抖的反問：「你的意思是說，這些紅線其實是從人體內冒出來的？全部都是？怎麼可能！」

「我也覺得不可能。」我嘆了口氣，「昨天整個源西鎮都籠罩在迷霧當中，至少在我們的眼中是這樣的。濃霧中滿是紅線，哪怕源西鎮上幾十萬人都變成了線，也不可能有那麼多。所以，我覺得或許還有別的解釋才對。紅線的事，暫時放在一邊。」

說著我從風雅手中拿過了另一個瓶子，「這個瓶子裡裝的，是李夢月從那個穿著破舊襖子，如鬼一般女人的身上扯下來的。我跳車時偶然發現，就藏了起來。」

沈思皺了皺眉頭，「難道這塊布和紅線也有關聯？」

我點了點頭，「本來我也覺得沒有關聯，但是突發奇想下偶然做了個實驗，結果出乎意料。」

「這塊布上的染料已經看不出本來的顏色了。但經過特殊試劑浸泡，之後用電腦軟體處理後。我才知道，原來是這種顏色。」說著，我掏出了一張紙，上邊有一串數據：C0 M100 Y100 K50。

風雅等人眨巴著眼，完全沒看明白，「這串數字什麼意思？」

「是色度濃稠的正紅色。」我繼續又掏出了一張紙，「而這個，是紅線上的顏色的檢測結果。」

紙上仍舊列印著一串數據：C0 M100 Y100 K50。

所有人都倒吸了一口涼氣，「這兩種東西的顏色居然是一模一樣的？難道用的是同一種染料？」

「每一種染料在調製過程中都會呈現不同的顏色，哪怕肉眼分辨不出來，但是軟體卻能辨別出這種細微變化。哪怕染料已經經過了歲月的洗滌。所以它們源於同一批染料的可能性超過了百分之九十九。」我的聲音有些發抖，「你們來猜猜，這種染料的原料，究竟是什麼？」

「不容易猜。」周成思索著，「十八號公車失蹤了二十多年。那個鬼一般的女人穿著的衣服，至少也是二十多年前的。那時候不怎麼用化學染料，難道是某種生物塗料？」

沈思想得更細密，他搖著腦袋，「奇奇先生既然讓我們猜，那就意味著這種染料很少見。」

「不錯，確實非常非常的少見。」我看著手中的玻璃瓶，紅線和碎布在透明的溶液中漂浮著，安靜而又猙獰，「因為這種染料，主要的成分是血。」

「人類的血！」

風雅等人猛地嚇了一大跳，「血！居然還是人血！」

「不錯，染料材料是大量人血和一些生物防腐劑。當然如果單純是人血的話，我也不會這麼震驚。之後我在這些被當成染料的人血裡，又發現了更可怕的事。」我揉了揉痠痛的脖子，看了身旁的絕麗冷美人李夢月一眼，「沈思、周成，還有妳風雅。你們說那輛鬼公車一直在門外等你們，對吧？現在呢？」

周成三人下意識的向咖啡廳的落地窗外看了一眼，眼神裡全是恐懼。

「在，還在。」周成聲音在發抖，「就在咖啡廳的大門口，安安靜靜的停著。還是那副破敗不堪的醜樣子，而且就連車門都敞開著。」

「你們三人都看得見？」我繼續問。

風雅三人不約而同的點頭確定。

「有趣，很有趣。可是我卻看不見。李夢月大美女，妳看得見嗎？」

三無女搖搖頭，「不能。」

「這怎麼可能！」沈思大驚失色，「明明我們昨天一起搭過那輛公車，可為什麼今天只有我，風雅以及周成三人能看到，你們卻看不到了！」

這三個人頓時慌成了一團。

我用手指用力敲了敲桌面，示意他們冷靜下來，「這就是我接下來要說的關聯了。」

「你們看看這幾個人的資料。」說著，我從包包裡掏出了一疊影印紙，「前段時間，我們博時教育以及沈思的圖譜教育接連發生了學生失蹤案。這些孩子無一例外走入濃霧裡就不見了，我想這件事你們也清楚。」

「這些學生們之間並沒有任何關聯，他們年齡不同，也不分男女，由於警方也找不到關聯，所以所有人都以為是偶然的隨機綁架案。可是今天下午，我調查了一些東西後，不小心找到了他們之間的關聯。」我苦笑了一下，「所有失蹤的人，有一個相同的地方。」

說到這裡，我頓了頓，視線在每個人臉上都轉了一圈，「是血型！」

「所有人都是B型。」

風雅愣了愣，「這也叫關聯？世界上七十幾億人，大約有五十幾億是B型吧！」

「如果這種B型，是稀有血型呢？例如B型RH陰性？」我咧嘴笑道：「妳覺得，還有這麼巧嗎？」

「怎麼，怎麼可能！」風雅愣住了，「真的全是B型RH陰性？」

我點頭道：「RH是人類的另外一種血型系統，人類有三十多種血型，紅血球上抗原不同血型就不同。

RH陰性是指紅血球表面沒有D抗原，中國人大多都是陽性，陰性少之又少。當然，每個城市或多或少都有一些稀有血型的人。但是一個只有幾十萬人的源西鎮，擁有稀有血型的人極少。這些極少數的人還會被其他十多種特殊血型分走一大部分。

所以剩下的，B型RH陰性還有多少？我這邊有個公式。」

我一邊說，一邊用手機上的計算器算給他們看，「套用公式，輸入源西鎮人口總數。你們看，正常情況，血型為B型RH陰性的人，源西鎮應該只有三個人才對。」

「但實際上，我調查過後發現，整個源西鎮，出乎意料的有十七個人擁有這種稀有血型。多到簡直不可思議。」我舔了舔嘴唇，心裡越來越焦躁，「現在已知的人都已經詭異的失蹤了。目前源西鎮，只剩下三人還沒被鬼公車吞掉。」

我一眨不眨的看著沈思、周成和風雅，「現在你們應該清楚，你們之間的關聯，對吧？」

面部表情早已僵硬的三人，額頭上的冷汗不斷往下流。他們心裡掀起了驚濤駭浪。不錯。這三人，正是源西鎮最後的稀有血型，B型RH陰性。

其他的同血型的人，在這一個多月的時間內，全都被濃霧吞掉，被鬼車帶走。他們本應該在昨天上車後便再也無法下來。可陰錯陽差下，三無女李夢月卻蠻力爆發，將那鬼一般的女人甩出車外，救了他們。

「就，就算你的推論是對的。那麼，那輛二十多年前失蹤的十八號公車，為什麼非要找擁有B型RH陰性血的人？」風雅結結巴巴的問。

我看向沈思，「這一點，恐怕沈思先生最清楚。」

沈思乾咳了兩聲，「奇奇先生，你在說什麼，我完全不明白。」

「別裝傻了。你曾經講過，你們圖譜教育有兩個女孩踏上了幽靈公車。其中趙麗雲之所以能下車，就是因為她並非這類特殊血型。而張雨沒能下車，至今仍舊失蹤！」

我撇撇嘴，「張雨，是什麼血型？」

「我、我不知道。」沈思臉都憋紅了，眼神也開始飄忽起來。

「B型RH陰性血的人一旦發生了事故，輸血會很困難。相信你作為一家教育公司的老總，不可能不特別針對稀有血型的學生登記。更何況，你本身也是這個血型。」我冷笑了一下，「張雨的血型和你一樣。」

風雅和周成這對小戀人也覺得不對勁兒起來。他們知道沈思一直試圖隱瞞什麼，不過在一個小城市，和一個有錢人對幹可不明智。所以他們只好老好人般在我們之間打圓場。現在終於憋不住了，「沈思老闆，你瞞著什麼，乾乾脆脆的說出來，好不好。這可關係到我們的小命。」

「我肚子裡有什麼，我自己知道就好。跟你們沒關係。」沈思氣急敗壞的從鼻腔裡噴了一口濁氣。他悶得很，如果不是我身旁坐著沉默冰冷的李夢月令他本能的生畏的話，恐怕早就發飆了。

「既然沈老闆不說，那就當我沒問過吧。」我沒有再在這問題上繼續糾纏，「將話題轉回來，我們聊聊張栩這個人。」

說著，我掏出一張薄薄的紙。這份資料是小涼離開前特意留給我的。

一個人的一生，四十多年，居然能用一張A４影印紙承載。可想而知，他的人生究竟有多麼簡單。不錯，張栩就是這種簡簡單單的人。其實說簡單，他二十多歲前的生活，還是算得上可圈可點的。這張紙上大多是張栩二十多歲前的生活。

張栩出生在一個單親家庭，他的父親酗酒、有家暴史。少年時代的張栩迫不及待的想要獨立。所以當他從一所三流大學畢業後，就從家裡搬了出來，獨自生活。這個人有過幾次自殺未遂的紀錄，換過幾次工作。每間公司對他的評價，都只有六個字：自暴自棄，浮躁。

他人生的轉折點，要從登上了那輛失蹤的鬼公車說起。

從車上下來後，張栩整個人都變了。工作踏實，生活枯燥單一，至今未婚。

「一個至今未婚的人，卻突然冒出了一個女兒，你們不覺得奇怪？」我突然問。

「這有什麼好奇怪的。」風雅揉了揉頭髮，「或許他也有過女朋友啊。女朋友生了寶寶不想要，就乾脆的扔給他。說起來我挺佩服這男人的，一個人將一個小孩獨自拉拔到十七歲，真的很不容易。不是每個人都做得到！」

我敲了敲桌子，神秘的一笑，「問題來了。張雨，真的是十七歲嗎？」

周成愣了愣，「張雨在沈大老闆的圖譜教育讀高三，按說應該是十七八歲的年紀。這個也有問題？」

「不。奇奇先生是對的。張雨的年齡確實大有問題。」沉默了一陣子的沈思開口了，「由於張雨失蹤時是我們補習班的學生，所以我調查過她。這個張雨是娃娃臉，看不出年紀，但其實她今年已經滿二十二歲了。」

「二十二歲？」風雅大吃一驚，「怎麼可能。那輛十八號鬼公車是二十二年前失蹤的，難道她和那輛車有關係？」

「我也是這麼猜測的。所以在來的路上，我稍微調查了一下張雨的基本資料，再對比鬼公車的訊息，結果發現了不得了的東西。」我瞇了瞇眼睛，「大部分的稀有血型都是來自遺傳，張雨也不例外。」

「於是我就基於血型這一點展開重點調查。當年公車裡有記載的乘客一共七十名。只有兩個人活著下車，沒有失蹤。這七十名乘客裡，所有人都沒有詳細的資料。唯獨作為員工的售票員，那個侏儒女人，留有身體檢查表。」

我摸了摸鼻翼，「我想你們應該猜到了。當時的公車系統員工福利並不完備，只有特殊群體才會定期做身體檢查。侏儒售票員就是特殊群體之一，因為她的血型，正是B型 RH 陰性。」

「難道、難道侏儒女售票員，是張雨的生母？」周成和風雅，甚至沈思都驚訝到無法思考了，「不可能啊，那個售票員明明隨著十八號公車一起失蹤了，怎麼會生下張雨？」

「別急，還有更匪夷所思的。」我搖著手指，自己也覺得等一下將要說出的話很恐怖，「侏儒售票員確實是失蹤了。但我這裡有一張一九九四年的報紙。報紙上有個花邊新聞，挺有趣的。」

我用平板調出報紙的照片，指著A6版面的其中一小則不起眼的新聞，「八十歲老婦誕下一女，嚇傻了小診所的醫生。」

「這個新聞在當時沒有引起任何的波瀾，大家都以為是報社為了吸引目光的假消息。」我嘆了口氣，「不過這個新聞，是真的。大家還記得，二十二年前的十八號公車，只有兩個人生還。其中一個是張栩，另一個便是滿頭銀髮的老太太。」

我用力的敲了敲平板的螢幕，「那個在次年誕下一女的八十歲老婦，正是和張栩一起生還的老太太。」

果不其然，這個信息的衝擊比我想像中更加可怕。沈思等人呆滯了，他們感覺周圍的空氣壓抑到無法喘息。

一個接一個的重磅資料在他們的腦袋裡橫衝直撞，每個人都有快要當機的難受感。

「等等，等等。」風雅用力敲腦袋，她覺得大腦痛得厲害，「我先理一理頭緒。張栩是張雨的父親，而張雨卻有侏儒女售票員的血緣。最後，這個看起來才十七歲，實際上已經二十二歲的女孩，其實是一個八十歲的老太婆生下來的？我好暈啊，資訊量太大，完全處理不了！」

我聳著肩膀，當初自己在整理這些猜測時，也險些崩潰，「總之我知道的，就只有這些了。現在要找張栩當面逼問，也不太可能了。一個多禮拜前，源西鎮出現一具腐爛的屍體。前天才確定了屍體的身分，正是張栩。他死了，死因不明。」

「不對啊，那些白霧和那輛鬼公車，如果說是在找什麼的話。我能理解為何它找的是張雨，可是張雨早在幾個禮拜前就已經被鬼公車帶走了，為什麼，它現在還陰魂不散的纏著我們呢？」沈思揉著眉頭問道。

我看了他一眼，「這個問題切中了重點，可惜，我也沒辦法回答。我有個猜測，當年張栩和老太太之所以能下車，是因為他們倆跟車上的某種神秘力量做了一筆交易，交易的內容，和張雨有關。」

「而且，你們還記得那個鬼一般的女人嗎？她手裡抱著一個酒罈，那個酒罈，我曾經見過另一個。」我淡淡說道，「或許一切事件的重點，其實出在那個酒罈上。但現在說這些已經毫無意義了，那輛車在等你們三個上去。」

「上了車，我們就會死。」沈思說得斬釘截鐵。

「可不上車，就什麼都解決不了。」我站起了身，「現在只剩一個選擇。想要解開謎題，打破你們身上詛咒一般的糾纏，就再次踏上那輛失蹤了二十二年的幽靈公車吧。」

鬼女手中的酒罈不止一個，從前在妞妞身旁出現的酒罈裡，有一具嬰兒的屍體。鬼女懷裡的酒罈中，裝的又是什麼呢？

時悅穎和妞妞的血型很正常，不屬於稀有血型。但從小涼信中的訊息來看，她們似乎也和十八號鬼公車扯上了關係。

該死，一切都太亂了。果然不重新搭上幽靈公車，根本就搞不清楚前因後果。

我望著窗外，街道上川流不息的人潮在湧動，擁擠不堪。絲毫沒有那輛十八號公車的影子，一切都祥和得令人難以承受。

沈思三人思考著我的建議，他們的眸子裡，倒映著窗外的風景。突然，我整個人抖了一下。每隻眼，都是一面鏡子。從他們的瞳孔中，我隱約能看到一輛斑駁的紅色公車在空蕩蕩黑漆漆的空間中行駛著。

車下方右側的行李廂敞開了，一大一小兩個人的身影裸露在行李廂中，似乎非常驚慌失措。

那，赫然便是失蹤的時悅穎，以及妞妞！

## 第十章 再上鬼公車

時家嶺公車站。

站在這個老舊的牌子前，時悅穎和妞妞同時愣了許久。

「小姨，為什麼這個公車站叫做時家嶺？我們也姓時，難道這個車站和我們有關聯？」超高智商的六歲小蘿莉扯了扯時悅穎的衣襬。

時悅穎渾身一抖，連忙搖頭，「只是巧合吧。什麼時家嶺，小姨我聽都沒聽說過。」

妞妞若有所思，「咱們的姓氏據說主要源於子姓，包括早期與殷商同姓的孤竹國伯夷以及春秋時期宋國時來的後裔。是當今中國姓氏排行第一百四十六位的姓氏，時姓人口確實較多，約佔全國漢族人口的百分之零點零七七。地名和姓重複，也不是不可能的。但妞妞總覺得，那輛公車將我們帶過來，並不是偶然。」

「小姨，妳究竟有什麼事瞞著我？」小蘿莉一眨不眨的看向時悅穎。

女孩再次岔開話題，「待在這鬼地方也不是辦法，我們進去看看有沒有別人。沒人的話，哪怕找一台電話打出去求救也行。」

說著就逃跑似的率先朝前走去。

這座孤零零的破舊公車站彷彿早已經被遺忘在時間的輪迴中，只剩下空間殘片，孤寂不堪。風中被吹拂得搖搖晃晃的牌子，隨著時悅穎的走動，而發出空蕩蕩的「咯吱」聲，單調、淒厲。

「這個公車站應該是總站，所有開往時家嶺的車都會在這個站匯集。」時悅穎看了一眼入站口的站牌，上邊密密麻麻的字已經蒙上了灰塵。這個地方，似乎輻射著一種令人心悸的不安。女孩越是往前走，越是頭皮發麻。

偌大的總站前是一條狹長的街道，街道兩側的路燈昏暗無比，就如無數盞祭祀用的冥燈般閃爍在這空無一人的空間裡，彷彿風一吹，就會熄滅。

妞妞蹲下身，摸了摸地面，然後又仔細的打量了路燈幾眼，開口道：「小姨，妳不覺得這個公車總站有些奇怪嗎？妳看這路面，居然是瀝青鋪的，坑窪不平。而那些路燈，用的還是白熾燈。太不對勁兒了！整條街，都像幾十年前就廢棄了似的。可一個廢棄的地方，為什麼還通電，有路燈？」

時悅穎一聲不吭，她順著入站口進了車站內部。老車站就連裡邊都保持著二十多年前的格局，規劃得亂七八糟，停車場裡居然裸露著泥土表面。候車廳只是一個棚子，就連雨都沒法擋。

不過車站內，並沒有車，一輛也沒有。

也沒有人，一個也沒有。

這樣的場景，並沒有令時悅穎意外。

「妞妞，小心一點。千萬不要離我太遠。」屬於零零後的妞妞沒見過如此破敗不堪的車站。她好奇的東張西望，這摸摸那碰碰。時悅穎頓時緊張起來，用力的拽住了小蘿莉的手。

妞妞撇撇嘴，「小姨，這裡好像一部電影《沉默之丘》裡的場景。孤寂無人，如果突然鑽出一隻鬼來，妞妞也不意外。」

《沉默之丘》至少還留了一條活路給女主角，但這裡，我根本看不到活路在哪兒。時悅穎苦笑著，但沒有將這句話說出來。她覺得這個車站似乎有些眼熟，從小就被姐姐拉拔大的她，是在源西鎮長大的。

人的記憶會隨著時間流走，要撿回來談何容易。但是這個車站，唯獨這個車站。她應該是有印象的。不，那所謂的印象似乎很可怕，可怕到時悅穎根本不願意回憶。

「小姨，妳怎麼了？」妞妞推了推她。

「沒、沒什麼！」時悅穎回過神來，發現自己不知何時居然淚流滿面。怪了，自己為什麼會哭？

「別怕別怕，妞妞保護小姨。」人小鬼大的妞妞走到了前邊，「我們先看看這裡有沒有能夠聯聯外界的東西，如果能聯絡到奇奇哥哥，他就一定能救我們。」

「對啊，小奇奇又聰明又厲害。他救了妞妞和小姨我很多次，這次一定也能像英雄一樣從某個角落裡蹦出來，笑嘻嘻的對我們說，我找到妳們了。」時悅穎一邊抹掉臉頰上莫名其妙的眼淚，一邊說道。

這個足足有幾千平方公尺的公車站，其實能夠搜索的東西並不多，很多地方都是一目了然的。建設於二十多年前，之後不知為何就荒廢了。遺留下來的車站設施很差勁，甚至沒有出現在當地人的記憶裡。

花了半個小時，時悅穎和妞妞將整個車站都轉了一圈。

什麼也沒找到。

綁架她們的人一直沒有出現，甚至連鬼都沒有一隻。

彷彿整個世界，只剩下了她們。只有她們在往外輻射紅色的溫度，其餘的一切物件，都是冰冷的，沒有顏色的。包括車站中僅有幾盞還亮著的燈。

「不行，什麼都找不到。電話也打不通。」六歲的妞妞丟開手裡的座機話筒。她們只在車站的值班室中發現了電話，還是老式轉盤的機械型。這種電話早在二十年前就淘汰了。

拿起話筒，聽筒裡安靜得可怕。

「當然打不通，電話線都被剪斷了。」時悅穎順著電話線扯了扯，線斷掉的一頭殘破的落在地上，埋藏在灰塵中。

就在這時，本不應該發出聲音的話筒，猛然間竄出了一陣噪音。那股噪音極為高昂，之後又變得低沉。噪音在聚攏，最終形成了人耳能夠識別的語調。

「時悅心，嘻嘻，時悅心。找到妳了……」

「終於找到妳了。」

「湊夠了！就要湊夠了！」

那音調猶如下水道中流淌的骯髒污水，難聽得要命。

時悅穎和妞妞同時嚇了一大跳，她們恐懼的緊緊抱在一起，渾身都在發抖。

污穢的聲音將這三句話重複了五六遍後，沉默了下來，電話那頭一片死寂，詭異與緊張頓時充斥滿靜悄的值班室。

「這、這是怎麼回事？打不通的老電話裡發出了聲音，還在叫著時悅心。小姨，時悅心，究竟是不是我？」妞妞在時悅穎的懷裡，驚慌失措的探出頭，用發顫的音調問。

「我也不知道。不要問我，我的腦袋很亂。」時悅穎用力的搖著腦袋，她歇斯底里的四處望著，「不行，必須要儘快離開這兒。這鬼地方太詭異了，再待下去肯定會出大事。」

說著，女孩就拉著妞妞往車站外跑。

「我們要往哪裡逃？」妞妞也覺得繼續待在這詭異的地方，並不是個好決定。

時悅穎不假思索的說：「順著車站外的公路跑。既然路上有路燈，證明這裡離有人居住的地方並不遠。只要找到了人，我們就得救了。」

一大一小兩個女孩鑽出了車站，來到了那條廢舊的破爛公路上。她們朝左轉，在街道的路燈下飛奔。

路燈發出幽冥的光，透著不祥的氣味。越往前跑，燈光似乎越亮，可那股不祥卻越是濃厚。

不知道過了多久，也許是半個小時，也許是一個小時。又或者是整夜。天空絲毫沒有變亮的跡象。跑得精疲力盡的兩個人突然停住了腳步。

「小姨，這、這是怎麼回事？」妞妞臉色呆滯的指著不遠處，整個人都要瘋了。

眼前的路，折疊了。不錯，確確實實是折疊了。也只能用「折疊」這個詞來形容。如果將這條路比作一張狹長的紙條的話，就在離她們一公尺遠的地方，道路被一股莫大的力量往下九十度折了下去。

視線平行延伸的地方，是沒有路燈的虛空，黑暗寂靜，充滿死亡氣息以及未知。而腳下，是那條呈九十度垂直跌落的道路。路上有街燈，街燈也亮著。一盞一盞，往無盡的深淵蔓延。彷彿一直蔓延到地獄底部的九十九層。

小蘿莉用力揉著眼睛，「我的眼睛沒出問題吧？還是妞妞的腦子有問題？」

「都沒問題，有問題的是這個該死的鬼地方！」時悅穎滿嘴苦澀，「看來這鬼地方根本就不希望我們離開。」

妞妞來到道路的邊緣，隨手撿起一顆石頭往下扔。石頭受到引力影響，垂直向下落。這一幕很驚人，下落的石頭順著路面一直往下跌，猶如在飛行似的，一直落到了看不到盡頭的深處。

「引力沒有問題，我們跳下去的話，肯定不會像是踩在平路上舒服，而是會筆直的掉下去，不是摔死，就是一直下落，直到餓死。」妞妞摸著下巴思索。

「妳又在說我聽不懂的東西了。」時悅穎望向天空，整個天際都呈現著墨色，黑暗無邊。在這壓抑的空間中，也不知道風是從哪個方向吹來的。

但是有風一直在吹，一直吹進了人的心肝肺，讓人毛骨悚然。

妞妞看了她一眼，「小姨，往前走不可能了，我們是不是要回車站去？」

「別回去。妳想想，既然是公車將我們送來這裡的。公車的終點站又是個車站。怎麼想，待在車站中都有危險。」時悅穎努力運轉著大腦，「如果說妳的奇奇哥哥在這兒，他會怎麼做？」

「奇奇哥哥肯定也不會待在車站裡。那麼，我們去哪兒？」妞妞又問。

「既然沒有路走，那我們就不走路。」時悅穎再次環顧四周，朝路邊的黑暗中隨意指了一個方向，「朝那邊走。」

「在規則中取隨機數？這確實是一個好辦法。」人小鬼大的小蘿莉表示贊同。

就這樣，兩人從路燈下穿過，走進了路左側的綠化帶中。

樹木在這墨色的世界裡，呈現著一股沒有氣味的腐爛。樹枝在搖擺，如同所有的樹木都在發抖。

妞妞和時悅穎藉著手機的手電筒功能在樹林裡穿行了一陣子，突然，妞妞指著前方道：「小姨，有光！」

「看到了。」時悅穎皺起漂亮的眉。樹林深處確實有一些朦朧的光芒照了過來，昏暗而又低沉。但確確實實照亮了一大片林地。

「要過去看看嗎？」妞妞問。最近一直都遇到詭異的狀況，哪怕是小孩，都不由得不謹慎。

時悅穎苦笑，「能不去嗎？」

兩人對視一眼，小心翼翼的向前走。越過幾棵古舊的樹木後，一棟木造的老房子出現在兩人眼前。

老房子古色古香，勾勒著歲月的輪廓。從紙糊的窗戶中透出的光，在院落裡倒映出了些許影像。

房子裡似乎有人在走動，影影綽綽，看起來人好像還不少。

「哇，有人。終於看到活人了。」妞妞畢竟還小，看到人影就激動起來。

「小心點。」時悅穎到處找了找，最後折斷一根樹枝用手掂了掂。還算是個趁手的武器。她儘量壓低腳步聲，和妞妞一起往前走，來到了窗戶下邊。女孩偷偷捅破窗戶紙往裡邊偷窺了一眼。

屋子裡果然有人，卻只有兩個。一大一小兩個女人。

較大的女人穿著一身時悅穎很熟悉的衣服。那身衣服越看，她越覺得怎麼在哪裡見到過。不，不對，這不是自己身上的衣服嗎？

那套衣服可是在服裝店訂做的，獨一無二。怎麼就是這套獨一無二的衣服，卻穿在了別人的身上？

女人轉過頭，突然，對著時悅穎偷窺的位置露出了一絲怪異的笑。

時悅穎嚇得一屁股坐倒在地上。那個女人，那個怪笑著的女人，分明就是自己。

恍然間，周圍的一切都迅速變幻起來。森林不見了，黑暗消失了，只剩下一片明晃晃的燈。

油燈。無數盞油燈充斥在這片偌大的空間裡。

時悅穎回過神來時，驚訝的發現。自己和妞妞不知什麼時候居然進了屋，在這個似乎是祠堂的房子裡，時悅穎看到了令她更加害怕的東西。

一個個在祭祀用的油燈中，散發著油亮色光澤的酒罐子。

無數個罐子，眼熟無比。

這些罐子，每一個都和陰魂不散的跟著妞妞，裡面泡著嬰兒死胎的罐子……

一模一樣！

這裡，究竟是哪？

□

有一個理論，叫做尺縮效應。

說的是當一個物體以非常快的速度運動時，物體的長度會變短，沿著運動的方向上看，接近光速運動的宇宙飛船似乎變短了。事實上這個現象對於任何一個運動物體而言都存在，只不過我們無法察覺到自己的汽車是否變短而已。

看不到那輛幽靈般的十八號公車的我跟李夢月，想要跟著沈思、周成以及風雅三人上車，是個很麻煩，不容易解決的大問題。

還好我從愛因斯坦的理論中找到了靈感，準備借用「尺縮效應」混上車。

具體的解決方案是這樣的：

首先，我們五人到偏僻的郊外。

十八號幽靈公車如影隨形的跟著三人，無論去了哪裡，只要打開一道門。這輛車就會如同刷新的螢幕般，出現在門外。

源西鎮東郊一個廢舊的倉庫區，明媚的陽光已經散去，昏黃的斜陽將我們每個人的身影都拉扯得變了形。

「車出現了嗎？在哪裡？」我站在倉庫前，開口問。

風雅等人伸手一指，「在那裡。」

他們指著道路上的一塊空地。空地上荒草橫生，什麼也沒有。但在三人的眼中，沒有影子的鬼公車就安靜的停在那兒，車門敞開，等待著乘客上去。

周成吞了一口唾液，緊張的說：「其實我們可以不上去的，永遠都不上車。這輛車又沒有逼我們上去。只要不上車，其實也沒什麼影響。看多了也就習慣了。」

「是呀，這車乍看之下雖然有些恐怖，但看久了似乎也挺可愛的。」風雅也有些打退堂鼓。

沈思搖了搖腦袋，「事情沒你們想的那麼簡單。你們不覺得，這輛車越來越不對勁兒嗎？」

「哪裡不對勁兒？不就是一直在等我們上去嗎，挺有耐心的？」周成不情不願的說。

「你們再仔細看清楚點。它，離門的距離越來越近了。」沈思瞪了兩人一眼，「最開始的時候，我打開門，它還在路的另一側。可是一個下午過去，現在離每次開門的位置，只有兩三公尺遠了。恐怕再過不久，只要你們開門，哪怕只往前一步，都只能走進鬼車裡。你們可以做到一輩子都不開門嗎？一扇門都不開？」

風雅和周成同時一愣，顯然他們現在才意識到，狀況已經極為糟糕了。

「看來不上車儘快解決，是不行了。」周成無奈的嘆了口氣。

「不錯，現在還有奇奇先生和李夢月小姐幫我們。下次可能就沒這麼幸運了。」

沈思望向我們，「奇奇先生，我們準備好了。你開始吧。」

我點點頭，開始了準備工作。

雖然幽靈公車，我看不見。但自己和李夢月畢竟踏上去過。這就證明，無論它處於哪一個維度，車，真實存在。只要是存在的事物，就一定有質量。有質量，又會移動，而且移動的速度不慢。

足夠產生極短的尺縮效應了。

我在看不見的公車前方每十公尺，就豎起一張高三公尺寬三公尺的正方形白紙。十張白紙豎起來後，蔚為壯觀。

「周成，你第一個上車。風雅，妳去第三張白紙底下等。而沈思，你站到最後一張白紙後邊。大家按順序上去。」我吩咐道。

「行不行啊，奇奇兄弟，你什麼都不跟我們解釋。我咋個能放心上車啊。」周成縮頭縮腦的，聽到要第一個上車，頓時有些不願意了。

我撓了撓頭，「我該怎麼跟你解釋啊？就算說清楚了，你也不明白。總之現在只能告訴你，尺縮效應會在車通過白紙的時候出現。只要抓住機會，那麼我和李夢月就有三次上車的時機。」

「可是……」

看著天色漸晚，沈思先不耐煩起來。他猛地掏出一支手槍，用黑洞洞的槍口對準周成，「奇奇先生叫你上車，你就上去！」

「我……」周成還想說什麼。

只聽「砰」的一聲槍響，子彈徑直擊中了他腳邊的地面。

「周成，不要給你臉不要臉。如果你覺得我不會對準你開槍的話，你就儘管試試。」沈思黑著臉，表情不是一般的焦躁。

我和三無女李夢月對視了一眼，沒有開口阻止。這個沈思，看來準備得很充分。自己對他所隱瞞的東西，也大略有了些猜測。

「上車就上車嘛，沈大老闆。你，哼。」周成本想甩幾句嘴硬的話出來，最終只來得及哼一聲，就被沈思趕著朝車上走。

在我和李夢月的眼中，他只是朝著虛空踏了幾步，身體就順著看不見的階梯抬高了半公尺，緊接著便消失不見了。

突然，三十公尺外的風雅驚叫了一聲。

「什麼事？」我急忙跑過去問。

「那輛鬼車，那輛鬼車突然就出現在我面前。」風雅指著白紙前的一塊空地，驚慌失措的喊著。

我反而鬆了口氣，「果然是這樣，我猜對了。」

風雅莫名其妙的看向我，「你猜對了什麼？」

「妳看，我一直覺得那輛十八號鬼公車和我們處於不同的維度。周成剛一上車，它就能瞬間出現在妳面前，這就是證明。瞬間移動在物理學上是不成立的，但是從一個折疊的維度的一端通往另一端，倒是能夠實現。」

我摸著下巴，不斷打量著周成和風雅之間的三張白紙，「很好，紙上有痕跡。證明公車確實發生了尺縮效應。而且通過折疊維度時速度很快，尺縮效應更加明顯。那麼——」

「所以，我現在就上車？」風雅擺出一副「你解釋不如不解釋，總之老娘都聽不懂」的尷尬表情，打斷了我的話，問道。

「等等。」我帶著李夢月小跑著跑到了沈思旁邊，這才示意風雅上車。

跟周成的消失一樣，風雅也在上車後失去了蹤影。猶如一陣風刮過，一瞬間，風雅跟沈思隔著的七張白紙都波動了起來。每一張紙上，似乎都出現了一輛車的影子。隨著距離越近，車影越短。

白紙彷彿螢幕般，在接近沈思的那一刻，一輛車浮現了出來。和第十張紙重疊在一起。

「耶，成功了！」我興奮地揮了揮手，「紙本就是一種奇怪的介質，因為它是平面的原因，人類覺得它應該屬於二維。但紙卻是有厚度的，屬於三維世界——」

「好了，奇奇先生，你待會再繼續解釋。」沈思也不耐煩的打斷了我，他臉色發白的看了公車一眼，「該到我上車了。」

「一起上去吧。」我看向三無女李夢月。

幽靈公車和紙重疊的地方，很神奇的出現了一道門，車門，沈思順著車的階梯走了上去，我們也緊跟著往上踏。可是只踏了兩步，當他的身影消失在車中後，十八號公車便猛地不見了。

偌大的白紙上空空蕩蕩的，什麼也沒剩下。

失去了著力點的我們立刻從半公尺高的地方落下來，險些摔倒。自己一臉傻呆呆的，有些發懵，「該死，沈思走得太快了。這輛鬼車得到了想要的人，立刻就溜了。該死，現在怎麼辦？」

鬼車和這個世界的聯繫，就我所知，只剩下沈思、周成和風雅三人。想要救時悅穎和妞妞，就只能上車。可是現在車已經離開了，只剩下自己瞪著眼睛，氣得渾身發抖。

「笨，蛋。」看我手足無措的慌亂模樣，李夢月流露出似笑非笑的表情，「我，來。」

「妳來，妳來什麼？我都做不到的事情，妳……」我沒好氣的回頭瞪她。

女孩搖了搖腦袋，冰冷刺骨的氣質中，流露著一股堅定。她一把拽住了我的衣領，用力扯過去。

緊接著一絲甜甜膩膩的柔軟，貼在了我的嘴唇上。

冰冷的唇，水潤濕滑。等我意識到被強吻後，想要縮回頭。可這個似乎沒有太多感情的女孩卻牢牢的抓著我的腦袋，死也不放開。

「有趣。」過了好久，女孩才將手鬆開。她眨了眨眼睛，臉上透出一絲紅暈。

我更氣憤了，「都這個節骨眼了，妳還在幹嘛？」

被強吻了，居然被一個沒情感的女人強吻了。自己還沒辦法反抗，真是憋屈得要命。

「想，證明，一些，事。」女孩似乎感覺到了什麼，「總覺得，想起了些，東西。」

「我都說過了，沒我的允許，不准碰我！」我怒道。

李夢月絲毫沒理會我的怒火，只是尤自舉起了手，「你看。」

「看什麼？」晶瑩潔白、絲毫沒有瑕疵的手在即將降臨的夜幕中清晰可見。不過再怎麼漂亮，也只不過是一隻手罷了。

「看，仔細！」說完，李夢月揮動手，在空氣裡抓了一把。猛然間，那隻絕美的手彷彿真的抓到了某種東西。

當我看清楚時，頓時倒吸了一口涼氣。

這、這怎麼可能！

# 第十一章 沈思的秘密

最近一段時間，失憶的我見識過很多違背物理法則的事。可唯獨眼前的一幕，令我難以接受。

簡直像為了毀滅我的世界觀，證明我用科學方法去製造尺縮現象的努力是多麼可笑。戲劇奇幻電影似的，李夢月的手從空氣裡變魔術般扯出了一根棍子似的東西。

那是一隻手，一隻乾枯扭曲，長著尖銳的長指甲的女人的手。

那隻手我居然也算熟悉。分明就是昨日跟著幽靈公車猛追不止，最後被李夢月甩出車外的那個穿紅襖子女人的手嘛！怎麼突然就被李夢月扯了出來？

難道這個三無女光靠手便能將空間維度打破？喂，這不科學啊。哪怕是修煉了一輩子擼管技術的單身宅男，也不可能將擼管的熟練度加點到光速。何況這個看起來就是處女的三無女。

這是現實，不是修仙小說，怎麼可能有人只憑著一隻手，就破碎虛空的！

我揉了揉眼睛，接著又揉了揉，使勁兒的揉，揉得雙眼都紅了。沒錯，那個女人的手確確實實被李夢月拽著，被一點一點的往外拉。喂，就連懷中抱著的罐子都快露出來了。

「你，準備，揉到，什麼，時候！」三無女回過頭，伸出另一隻手一把拽住我。

猛然間，整個世界都崩潰了。

現實世界如同拼圖般墜落，片片剝離。本來昏黃的天空變成了永夜。漆黑的空間滲透著腐臭氣息，淒厲的風壓逼得人無法呼吸。

視線所及的景象，再次變換成昨日那條普普通通的無人公路。就連道路兩側樹木被風吹拂擺動的頻率，都和昨日一模一樣。

斑駁的十八號公車在不遠處行駛著。

穿著紅色襖子，鬼一般的女人，在路上拚命的追趕。它的手仍舊被李夢月拽住，而我則被李夢月拉扯著，由於速度極快，整個人都如放風箏般飄到了空中。

女人跑得很快，就在它離公車只剩兩三公尺的距離時，李夢月用力將我抱住，然後全身的重量都踢在了女人身上。

那女人毫無意外的被踢飛出去，逐漸消失在背景中。借力飛起的我們恰好落在十八號公車的前門外。

一直在往外瞅著的風雅連忙將車門打開，放我們進去。

「該死，還以為你們來不了了。」周成罵罵咧咧的大聲道。

沈思鐵青的臉也變了變，顯然鬆了一大口氣。

「怎麼你們來得這麼晚？」風雅問，「我們至少等你們半天了，阿成和沈大老闆險些火拼起來。」

「半天？」我摸了摸下巴，「果然這輛車和現實處於不同維度，就連時間的流速都不一樣。我們可是緊接著沈思上車的，前後最多幾分鐘。」

一邊說，自己一邊將李夢月拖到了車尾，一臉嚴肅的低聲道：「剛才究竟是怎麼回事？妳怎麼抓住那個女人的？妳，必須給我解釋清楚。」

李夢月搖著腦袋，仍舊是那句話，「力量，來自你。我們果然，有，關聯。」

「我哪來的那種力量！」我氣急敗壞的險些吼出聲。如果自己真有那種力量的話，早就變身成超人，去救時悅穎和妞妞了。哪裡還需要想盡辦法挖空心思猜她們在哪！

「那，或許，力量，屬於我。可你，是，鑰匙。」三無女思索了一陣子，接著道。

我看著她，從頭到尾仔細打量了一番，最終嘆了口氣，「算了，總之妳是想告訴我，無論如何我們都有某種關聯，對吧？」

李夢月肯定的點頭。

「這件事先放在一邊。」自己跟她的關係實在是越來越理不清，我只能乾脆的將這個問題放下。環顧了四周一眼，幽靈公車的環境，和昨天沒有任何不同，變成人體氣球的售票員和司機倒是不見了。

飛馳的車後，本已經被李夢月踢遠的紅衣女人，再次追了上來。

「奇奇先生，我們現在幹嘛？」沈思三人見李夢月上車了，頓時有了信心，全都圍攏過來。離三無女越近，他們越覺得有安全感。李夢月的可怕，這些人可是清楚看在眼裡的。

「等。」我吐出一個字

風雅愣了愣，「要等多久？」

「等到車自動停下，到達終點站！」我心不在焉的說著話，接著從隨身行李裡掏出一個小工具箱來。

提著工具箱來到公車的中間位置，自己從箱子裡拿出錘子，在地上用力敲了敲。

「砰砰砰」的金屬撞擊聲頓時傳滿整個車廂。

「奇奇先生，你在幹嘛？」沈思見我行為古怪，立刻問。

「這輛車屬於二十二年前的車型。當時國內大部分的車都沒有底部行李廂，載貨全靠車頂。所以說這個車型的公車，在那時是很稀有豪華，是源西鎮為了迎接當時的領導視察，特意花大錢從德國進口的。」我繼續敲著公車的地板，但沒有再多說。

自己不可能告訴他們，我在他們的眸子中看到這輛鬼公車的中段行李廂裡，裝著時悅穎和妞妞。

下午準備東西的時候，自己特意從網路上下載了車型資料，記在了腦子裡。早期的公車由於技術的原因，還無法做到一體成型。所以車廂和下方的行李廂其實是能夠互通的，只不過互通的門在出廠前出於安全考量，被堵死了。

找沒多久，自己還真找到了用鉚釘固定的小鋼板門。我心裡一喜，把鉚釘弄開。剛掀開鋼板門，一股陰冷的氣，立刻從底層冒了上來。

下邊黑漆漆的，什麼聲音也沒有。行李廂猶如一口深淵，張開猙獰的大嘴。

「我下去看看，李夢月妳和他們一起注意附近有沒有什麼奇怪的現象。」我謹慎的掏出手機，用 LED 燈朝裡邊照了照。

行李廂中很正常，什麼也沒有。不足一公尺的高度似乎也沒任何危險。

李夢月幾步走過來，望著我。

「妳要跟我一起下去？」我皺了皺眉問。

她點頭。

「下邊，沒危險。」我加重了語氣。

可這個死心眼的女孩，絲毫沒有離開的打算。

最終我投降了，「好吧，一起下去就一起下去。」

說著我率先往下跳，三無女也跳了下來。車廂中果然沒什麼危險性，空蕩蕩的。我彎下腰搜索了一番，最後在角落裡看到了一團不起眼的老舊報紙。

將報紙展開，赫然有一行用口紅寫著的字，躍入眼簾：

「小奇奇，如果你真的找到了線索，上了這輛公車，還找到了我留下的報紙。那麼，不要管我和妞妞了，立刻離開，能走多遠，走多遠。

時悅穎 留」

李夢月湊近腦袋，將文字讀了一遍，「時悅穎。你在，找她？」

「廢話，她是我未婚妻。不找她，我幹嘛費盡心機的重新搭上這輛車。」將報紙重新揉成一團，放進了口袋裡。心裡並沒有因為找到了時悅穎失蹤的線索而驚喜，反而更加的不安起來。時悅穎留下的話中，字裡行間都透著危機。

這個女孩對自己的失蹤似乎知道些什麼。

「這封信，像，絕筆信。」哪怕是沒有感情的三無女，可她終究是女人。女人的敏感程度比男性強得多。李夢月清晰的讀出了時悅穎留下的文字中，瀰漫的決死之心。

「算了，這也是一條線索。證明她跟妞妞確實在這輛車上待過。」我不死心的又一次打量車廂，在門的位置發現了撞擊的痕跡，「這兩個能幹的傢伙，肯定踢開了行李廂的門，準備跳車。就是不知道是不是真的跳出去了。」

帶著擔心，我嘆了口氣，心沉甸甸的往下直落。沒來得及讓我繼續找線索，突然，頭頂的車廂中發出了風雅等人的尖叫。

我跟李夢月立刻跳了上去。

只見跟著車一直追趕如鬼一般的女人，再一次上車了，此刻，正張開爪子準備抓住周成。

「快救救我老公，快救救他！」風雅大叫大嚷，想要救自己的男友，但又不敢跑過去接近那個可怕的女人。

「李夢月，把它甩出去。」我指了指那女人。

可這節骨眼上，這三無女卻做出了沒力氣的模樣，衝我攤開手，「給我，力量。」

「怎麼給？」

女孩指了指嘴唇。

我有些發悶，毫不猶豫的搖頭。李夢月每多接觸自己的身體一些，似乎對我的好感度就多一點。她的記憶沒有恢復，可就是本能的想要賴著我不放。簡直是在顛覆世人對三無女的定義標準。

女孩又做了做抱她的姿勢，我仍舊搖頭。

她乾脆在就近的椅子上坐下，指了指不遠處的鬼女人。那個女人追得周成上竄下跳，眼看就要把他逼到角落裡逃無可逃了。

誰知道活生生的人碰到那個鬼女人的手，會發生什麼恐怖的事情。

我再一次投降了，主動拉起李夢月的手。哪怕只是輕輕碰了碰就立刻鬆開，也讓三無女流露出一股開心。她揉了揉手，拽住那鬼一般的女人，正準備往外扔。

「等一等，把它懷裡的罐子搶過來。」我突然想到什麼，喊了一聲。

李夢月點點小腦袋，將女人懷裡死死抱著不放的酒罈子搶過去。右腳輕輕一挑，那女人帶著淒厲的慘叫，再次跌出車外。整個過程流暢，無比輕鬆，哪有脫力的跡象。劫後餘生的周成嚇得不輕，整個人都縮到公車後側的角落裡，如同被欺負的小媳婦般顫顫發抖。

我謹慎的讓三無女把那口不算大的酒罐子放在地上，打量了一番後，確定了這罐子和上次那個想要往時女士肚子裡鑽，泡著嬰兒死胎的罐子，是類似的東西。至少，從模樣判斷，它們都出自於同一個人的手中，而且有些年紀了。

從工具箱裡掏出一把錘子，我向後退了幾步，保持安全距離後。用力揮手，手裡的錘子立刻飛了起來，劃出一道漂亮的曲線，重重的撞在酒罈上。

罈子發出脆響，居然砸偏了，沒有弄破。

「你在幹什麼！」眼看罐子上出現了一條清晰可見的裂縫，反應過來的沈思嚇得臉發白，慌亂的衝我大喊。

「我不過是想砸開看看裡邊有什麼。」我撇撇嘴，準備拿其他工具繼續砸。

沈思再也忍不住了，他的恐懼感爆開，猛地向罐子撲過去。沒等我吩咐，李夢月已經輕輕一腳將他踢開。

「住手。」他痛苦的捂著肚子，從地上艱難的爬起來。抽出槍，用槍口對準我，「奇奇先生，你根本就沒有意識到你在做多麼可怕的事情。如果你再砸罐子，我就開槍了！」

「開槍？」我露出了一絲笑容，「你開得了槍嗎？」

「別逼我！」沈思的話還沒說完，整個人又再次飛了出去。李夢月突然變得很憤怒，幾乎要將他的手硬生生的劈斷。

「李夢月，放開他。」我急忙喊道。

三無女放開的時候，用力摸了摸額頭，似乎她也有些疑惑。怪了，從來都是平靜無比的自己，為什麼會在剛才暴怒呢？她看著自己的手，又看了看我。

其實，我也覺得很奇怪。隨著和李夢月頻繁的肢體接觸，不只是她，就連我的心態也在悄無聲息的改變。如同剛才，哪怕是被黑洞洞的槍口瞄準，自己也沒有絲毫的慌張，只有安心。在她身旁，似乎什麼都不需要害怕。

這該死的想法，太可恥了。從來都是男人保護女人，什麼時候反過來了？難道自己真的有小受（指 BL 的被動方）的傾向？

自己和李夢月的關聯，恐怕比我猜測的更加緊密以及可怕。

用力甩了甩腦袋，將亂七八糟的想法甩開。我走到痛得爬不起來的沈思面前，開口道：「沈思先生，現在，你該開誠佈公的將你隱瞞的東西說出來了吧？」

「我——」沈思剛想開口，就被我打斷了。

「看來你似乎還想繼續隱瞞？沒關係，我很有耐心。那麼就先聽我嘮叨吧。我這個人，很喜歡嘮叨的。」我撇撇嘴，在最近的椅子上坐下，「其實關於你，我也做了調查。你這個人，挺有趣的。其實，你並不是真的在追求時悅穎吧，甚至，你根本就不喜歡她。」

「所以我就覺得奇怪了，你為什麼一直在追求她。哪怕時悅穎討厭你討厭到聽到你的名字都覺得噁心？」我一眨不眨的看著沈思的臉，「於是，我繼續查了下去。這才發現，你家的圖譜教育，雖然已經開辦了好幾年了。可一直都在賠錢，從未盈利過。」

「為什麼一家賠錢的公司，卻能將一家賺錢的企業，比如時悅穎家的博時教育逼迫到舉步維艱的地步呢？其實這個也不難猜測。那就是圖譜教育的背後，一直有人在持續的注資。」我清楚的看到，沈思的臉色沉了下去。

「博時教育對時女士一家而言，很重要。因為這家企業是時女士和自己的丈夫一起開辦的，對失去配偶的時女士而言，公司就是自己的丈夫留給她，除了妞妞外，第二重要的東西。她會不惜一切代價保住公司。時悅穎恐怕也知道。這樣一來，問題就更加有趣了。」我一點一點的傾瀉著自己的猜測。

「逼倒博時教育，就是你們圖譜教育的目的。不過你們的目標顯然不是時女士，恐怕你或者你背後的人，想要得到的是時悅穎。又或許，你們必須逼時悅穎替你們做某一件她不願意的事。透過追求她，逼迫她的公司。無論如何，你都要達到這個目標。沈思先生，我的猜測，應該沒錯吧？」

沈思沉著臉，「我不清楚你在說什麼。」

「你看，你看。一般人被說中了心思，就是你這副嘴臉。」我笑得越發燦爛，看來自己真的猜對了，「繼續吧。博時教育的小涼和茜茜兩人，你認識嗎？」

「還算認識。」沈思不知為何，突然嘆了口氣。

「我看，你們是熟人才對。」我拍了拍他的肩膀，「說不定，還是從同一個地方出來的。你們是同鄉，對吧？」

沈思沉默了。

「嘿嘿，我又猜對了，真是有點不好意思。有時候我都覺得自己的智商高得可怕。」我一邊吐槽，一邊諷刺道：「從一開始，時悅穎一家就從未離開過你們的監視。內有小涼和茜茜，外有你。你們的目的究竟是什麼？」

「奇奇先生，你的想像力很旺盛。不過，這些都是你妄自猜測而已。」沈思抬起腦袋，開口道。

「那好吧。」我不再囉嗦，拿起一把錘子就朝那口從鬼一般的女人手中奪來的罐子走去，「我這個人好奇心旺盛，既然你什麼都不願說，那我就先滿足一下自己的好奇心。」

說著就做出準備敲開酒罈子的姿勢。

沈思再次被嚇得臉都白了。這個人並不怕死，可不知為何，就是怕我砸罐子，「奇奇先生，奇奇先生。千萬不要砸！」

「為什麼？你總要給我個理由。」我用錘子在酒罈子上輕輕敲了敲，罐子立刻發出一陣難聽的脆響，「你究竟是誰？」

我一邊問，一邊在罐子頂端玩耍著沉重的錘子，「你究竟屬於哪個勢力？」

沈思的眼睛隨著我手中錘子的移動而移動，眼珠子都快要凸出來了。

「你們的目的到底是什麼？」

「這輛車的終點站究竟在哪？」

一個又一個的問題自我口中吐出，沈思始終保持沉默。就在我準備把錘子甩到空中自由的朝罐子落下時，這傢伙終於沉不住氣，投降了。

「我說！我說！」沈思額頭上的冷汗止不住的往下流。

「這輛十八號公車的終點，是時家嶺。

那裡有一座祠堂。叫做……

死胎祠堂！」

# 第十二章 死胎祠堂

沈思、小涼、茜茜都是來自於同一個小地方，一個叫做時家嶺的村莊。那裡，也同樣是時女士和時悅穎，真正的故鄉。

時家嶺很小，但是由於出產一種十分稀有叫做石紅的藥材，所以從古至今都非常富有。石紅據說能醫治百病。特別是三十多年前，研究證實石紅含有對抗癌症的有效成分，一時間藥材的價格被炒成了天價。

石紅的產量很少，而且只有在時家嶺一塊特殊的地方才會生長。每一次石紅成熟，位於社會頂端的富人們都會將其採購一空。所以普通的患者別說食用，恐怕就連聽都沒有聽說過。

暴富的時家嶺，人口雖然沒有增加，但是每個人都富得流油。他們將村子修得像小鎮一般，就連源西鎮都特地開通了去那兒的班車，配備的公車也全是豪華車型。

「我們不屬於什麼神秘組織一類的東西，小涼和茜茜都是時家嶺的人，但卻分屬兩個家族。」努力撐起身體的沈思半坐在十八號幽靈公車的地板上，喃喃解釋，「本來一切都很好的，村莊欣欣向榮，富有恬靜。直到二十二年前的某一天，所有的事都變了。」

「時姓在時家嶺，屬於主家。而我們沈姓以及小涼和茜茜她們的王姓，屬於僕家。我直到現在都還記得那一天，當時我才十歲，時家嶺一個王家女人突然跑進死胎祠堂，偷了一口祭靈罐，從村莊裡逃了出去。整個村子，頓時炸開了鍋。」

「死胎祠堂？祭靈罐？」我皺了皺眉頭，「那是什麼東西？」

沈思完全沒有解釋，就彷彿沒聽到我的疑惑一般，自顧自的沉浸在自己的回憶裡，「祭靈罐不能離開死胎祠堂，否則就會出大事。這是咱們時家嶺老祖宗的祖訓，每一個人都必須遵從。那個王姓女人，據說一直都生不出孩子，所以在婆家被婆婆嫌棄、被丈夫責罵。實在承受不了的她，盯上了死胎祠堂中的祭靈罐。」

「砸破祭靈罐，哪怕失去生育能力的女性，都能在不久後誕下一名嬰兒。族中一直流傳著這種說法，也不知道真假，總之那個女人信了。她偷走了一個祭靈罐後不知所蹤，誰也沒能找到她。過了幾個月，村子也平靜下來。畢竟死胎祠堂中的祭靈罐多得很，從前也不是沒有丟失過。」

「但，誰也不知道。可怕的事情才剛剛開始。不久後，那個女人回來了。她搭乘著這輛車。」沈思用力捶了捶屁股下邊的冰冷鋼板，「很有趣對吧？那女人，她失了魂似的殺光了時家嶺的所有人。」

「剩下為數不多的人逃了出來。而主家也只有時女士和時悅穎存活下來，我們僕家努力確保主家的命脈，還好時家嶺猶存時留有不少的錢存在銀行裡。我們剩下的人，便在異地安靜的生活。」

「本以為生活可以這樣一直延續下去。直到六年前，又發生了一件事，打破了我們這些倖存者的寧靜。時女士和僕家的一名男子相愛了，他們無法生育。那個男子潛回時家嶺，從死嬰祠堂中取回了一口祭靈罐。後來時女士懷孕了，而那個男子，卻在時女士生下小孩後，消失得無影無蹤。」

聽到這裡，我嚇出了一身冷汗，「你的意思是，妞妞，便是時女士砸破祭靈罐而誕生的小孩？」

難怪妞妞身旁一直在發生怪事。難怪前段時間會出現那口裝著死胎的罐子。一切雖然還有許多未解的謎題，但總覺得有些東西似乎能解釋得通了。

「不錯，妞妞是我的侄女。而她的父親，正是我的哥哥，親哥哥。我至今都沒找到我哥的下落。凡事都需要代價。或許他為了要孩子和祭靈罐做了一筆交易，最後被死嬰祠堂吞噬了。」

沈思明顯沒有講故事的天賦，又或者他的回憶本來就很亂。他講述的東西難以整理，而且缺東缺西，聽得我很難接受。特別是，我總覺得他的話裡似乎有些地方不太對勁。

「就算你講的是真的，可你們為什麼要從時家嶺搬走？石紅也不採集了？難道那個鬼一樣的女人還留在那兒？」這是我最疑惑的地方。

沈思搖搖頭，「不，她早就死了。張雨應該就是她的女兒。我們挖空心思想找出她為什麼要回老家，殺光所有人的理由。最終，大部分人都認為，原因恐怕出在這輛車上。二十二年前，這輛十八號公車上一定發生了什麼事。讓那個王家女人瘋了，而且還擁有了一股超自然的力量。」

「女人雖然死了，可那股力量還殘留在時家嶺的土地上。每個踏上去的人，都會被那股可怕的力量吞噬。」

我皺了皺眉，「時悅穎和妞妞也是你們綁架的？」

「不是我們。我們不可能傷害她們，更何況妞妞本就是我的侄女。」沈思又一次搖頭。

「但是我非常有把握，不久前，她們被綁上了這輛車。現在可能已經到終點站了！」我冷哼了一聲。

聽到這話，沈思頓時大驚失色，「不可能。我們這些僕姓，一直都在保護她們時家的人。如果她們真的到了終點站，那就糟了！」

「糟了？為什麼糟了？」我臉色一變，從他的語氣裡，我讀出了不祥的氣味。

「祖訓說過。」沈思滿腦袋的冷汗，「因祭靈罐而生的小孩，絕對不能接近死胎祠堂。否則會發生極為可怕的事情。」

「你們的祖訓還說過什麼？不要擠牙膏一般，一次只擠一點，聽得人急死了。」

我氣惱道，「說，究竟會發生什麼可怕的事？」

「我，我也不清楚。」沈思憋出了這麼一句，「對這個，祖訓上沒記載。」

我險些一腳踹過去，「沒用的傢伙。奇怪了，如果時悅穎和妞妞真不是你們綁架的，那麼究竟是誰在背後搞鬼。源西鎮上的濃霧，為了尋找張雨，不惜逮住整個鎮上所有血型是B型RH陰性的人。現在妞妞也被弄回去了……該死，怎麼想都覺得那些搞鬼的傢伙們，在佈一個很大的局。」

「其實這二十二年來，我們這些還活著的村人一直有個猜測。」沈思想了想，決定說出來，「或許當初那個王姓婦人偷了祭靈罐後，有某些神秘勢力插手了。他們給予王姓婦人一股足以屠村的力量。而目的恐怕是為了得到我們時家嶺死胎祠堂中的某一樣東西。」

「難道你們那個死胎祠堂裡，藏著些什麼？」我看了他一眼。

「據說那些祭靈罐是數千年前，第一代老祖宗製造的。根據祖訓的記載，死胎祠堂裡的一百零八尊祭靈罐，每一口祭靈罐都必須擺放在特定的位置，不能移動。可這麼多年以來，終究還是遺失過許多個。至於藏著什麼，死胎祠堂下似乎真的鎮壓了某個玩意兒。說實話，我也不太清楚。畢竟當時太小了，而家族隱秘，更是只有時家的族長才知道。」

沈思結結巴巴的說著，「不過族長早在二十二年前就翹辮子了。家族隱密怕是隨著他的死而徹底埋葬了。」

我被他經常性的邏輯矛盾弄得很難受，「說重點！」

「呃，抱歉，我一打開話匣子就經常前言不搭後語。」沈思摳了摳腦袋，「總之，肯定有某個勢力在謀劃一個大局……」

「這個我已經說過了。」我狠狠瞪著他。

這傢伙又摳了摳腦袋，尷尬道：「我猜，猛追著公車的那個鬼一般的女人，就是二十二年前的王姓婦人。她就是在這輛車上得到力量的。否則無法解釋，這輛車為什麼會變成這副鬼模樣。」

我的瞳孔猛地一縮，「你的意思是，王姓婦人在得到了那股足以屠村的超自然力量時，也在空間中打開了一個殘影，甚至將這個殘影投射到別的維度中？真正的王姓婦人早已經死在了時家嶺，而她懷中真正的祭靈罐也早就破碎。她才是張雨真正的母親？」

「至於這輛車，不過是一種能量的無限循環罷了。就如同地球圍繞著太陽公轉。車也因為力量的慣性，而在源西鎮與時家嶺之間不斷重複？」

「可究竟是什麼力量竟如此強大？」

說到這，我跟沈思一同看向了腳底下那個明顯是真實存在的所謂的祭靈罐。

「這輛幽靈十八號公車不是真實的，那個追逐著公車，鬼一般的女人，也不是什麼鬼。奇奇先生，你的蟲洞理論恐怕確實能夠證明這輛車是怎樣的存在。怎麼說我從村子裡出來後，也是讀過大學的。而且這輛鬼公車，前前後後在源西鎮出現過十多次，每次都帶走了稀有血型的人。我早就在調查它了！」沈思深深吸了口氣。

「它跟我們肯定不在同一個維度。可我們現在既然在車上，那麼恐怕這裡的空間和正常空間，真的相隔著兩百零八兆公里遠，地球只是二十二光年外的燭光。」

一旁早就湊過來偷聽的風雅和周成傻眼了，剛剛還在說秘聞，現在怎麼又扯到了物理學上去，「喂，拜託你們說人話好不好？既然沈大老闆你都說清楚了，那麼這輛車明顯不需要我們，我和我老公可以在下一站下車嗎？」

風雅撓了撓頭髮，諷刺了一句。

「你們下不了車的。」我搖著腦袋，「我有一種不好的感覺，事情似乎根本就沒有那麼簡單。沈思，昨天你說到了終點站，我們都會死。這是真的？」

沈思沉默了幾秒，「不錯。這輛車的終點站，絕對是時家嶺。只要一踏上那片土地就會被那股神秘的力量殺掉。」

他正說著話，突然原本漆黑一片的世界變得光明起來。不遠處出現了一些低矮的建築，典型八〇年代的風格。

終點站，到了！

車緩慢的減速，最後在一個空蕩蕩的破舊車站前停了下來。只聽「吱嘎」一聲，幽靈公車的門，開啟了。

冷風猛地灌入車內，我環顧了四周一眼，決定儘快下車去。既來之則安之，總之待在車上恐怕也活不長，「大家隨便找找看有什麼武器。如果真的有陰謀，或者隱藏的勢力。他們肯定就在車外的某處躲著。」

「不要，我死都不下車。」周成使勁兒搖頭，「你們都聽沈大老闆說了，踏上地面就會死。」

風雅也不願下車，「我要留下來陪我老公。」

我沒有多勸阻，將祭靈罐塞進背包中，就往車下走。剛下了車背上的背包就感覺猛地一輕，原本鼓鼓脹脹的背包立刻扁了下去。

祭靈罐居然在走出車門的瞬間，消失無蹤。

「奇奇先生，你看！」嚇得不輕的沈思指向剛剛坐的那輛幽靈公車。

十八號公車原本就很破舊，可只是一轉身的工夫，卻在我的眼皮子底下朽爛變形起來，猶如兩秒鐘之內跨越了幾十年歲月，整台車只剩下了車架子。

紅漆不見了，車體上佈滿了生鏽的斑點，鋼架也扭曲了。半個車身都隱沒在荒草叢中，透過早已破碎的窗戶玻璃，我甚至看到空蕩蕩的車廂中，坐了兩具骷髏。

兩具骷髏坐在剛剛風雅和周成留下的位置，還保持著我們離開時的姿勢。但是他們倆確實已經風化了，就連身上的衣服也殘破成了碎布，纏在骨頭架子上。

他們因為幽靈公車回到了正常的維度，時間的壓力在一剎那湧了回來，最終活活被擠壓死了。

我心裡有些難以接受，「怪了，為什麼二十二年來一直在循環重複的車，會在剛才停下，回到正常空間？難道那輛十八號公車的使命已經完成了。它背後到底有沒有人在暗中操縱？」

如果說沒有人在操縱的話，根本就說不過去。

「往前走吧，小心一點。」我沒多作停留，輕輕扯了扯沈思，「你帶路，我們去死胎祠堂找找。我有個預感時悅穎和妞妞，甚至多年來失蹤的人，恐怕都在那兒！」

沈思判斷了一下方向，帶著我們往前走，「走這邊，這兒有條小路。我記得祠堂在時家嶺的山頂上。」

我們三人走了一陣子，突然，一個人影在後邊閃了幾下。偷偷摸摸的似乎在跟蹤。我朝李夢月使了個眼色，這個知心的三無女明白了我的意思。她繞到建築中，轉了一圈，沒多久便提著一個穿著青色裙子的女孩走回來。

「只有，一個。」李夢月將女孩扔在地上。

這個女孩大約只有二十歲上下，眼睛裡透著靈氣，長得也很清秀。她掙扎著坐起來，氣哼哼的道：「為什麼抓我？」

「妳為什麼要跟蹤我們？」我盯著她問。

「誰說老娘跟蹤你了。」她嘟著嘴，「我只不過是迷路了。」

我冷哼一聲，「這個鳥不生蛋的地方，連地圖上都沒有標明，究竟要怎麼迷路，才能迷到這鬼地方來？」

「總之我就是迷路了。」她嘴硬道。

我皺了皺眉頭，一把將她手心裡藏著的東西搶了過來。是一台手機，很小巧。螢幕上還開著 GPS 程式。地圖上一個亮點一明一暗，看位置就是這附近。

「這妳怎麼解釋？」我將螢幕湊到她的眼皮子底下。

女孩不屑的道：「我迷路了，難道還不許我打開 GPS 啊！什麼道理嘛。」

嘖，這跟蹤狂還越說越理直氣壯了。我用手敲了敲她的腦袋，「給我說實話，我可沒那麼多時間浪費。」

「我真迷路了……咦！咦咦！」突然，女孩像是發現了什麼，整個人都僵了一下，臉色怪異起來。

我在她的手機裡胡亂找了一番。這台手機裡沒裝什麼程式，應該是新買不久。不過最搞笑的是，這傢伙居然在手機的背殼上，用油性筆寫上了自己的大名。

「妳叫游雨靈？」我大聲問。

女孩嚇了一大跳，「啊，你怎麼知道？」

「廢話，哪有人把名字寫在手機上的。妳白癡啊。」我都搞不懂這清秀女孩到底是不是怪咖了。

「我這不是怕被偷嘛。」游雨靈使勁兒的打量著我的臉。她的眼神太用力了，用力到李夢月不爽起來，不由得插在我們之間。

「怪了，我明明沒有見過你。也不覺得我們認識，可為什麼……」女孩喃喃道。

我敏銳的感覺她的話中有話，「給我說清楚。」

「好吧，好吧。我承認我確實在跟蹤一個訊號。」叫游雨靈的女孩似乎覺得很難解釋，「一個月前，我洗衣服的時候發現了一張殘破的紙碎片。碎片中寫著一串數字，和一些文字。文字我看不懂。但是數字，我一時好奇，就上網搜索了一下。不得了哇，居然是一個 GPS 的座標。」

「那塊紙碎片我完全沒印象，也不清楚它是怎麼跑到我口袋裡去的。總之我閒得無聊，就開始追蹤這個訊號。直到剛才，才發現那個訊號居然是從你身上發出來的。」

「我身上發出了 GPS 訊號？」我對她的話有些難以理解。

游雨靈從包包裡掏出了她所說的紙張碎片，「你看，就是這張碎片。」

那是一塊撕碎的紙片，看質地，應該是信箋紙，本體為Ａ４大小。紙片上確實用黑色的文字記載著一串數字以及一些鬼畫符般的東西。我的眉頭緊皺，渾身不由得一震。

「這是我的筆跡，而且用了很隱晦的標記。只有我能看懂。當初恐怕非常危急，寫信時為了防止信被撕碎，全文都在不斷重複著一些內容。而內容其實只有兩個，不論撕成什麼模樣。這個數字，和這個希伯來文字，都會保留在每一塊殘片上。」我突然大笑了一聲，「媽的，沒失憶前的自己，真他媽的聰明。」

大笑過後，我又看向李夢月，「我找到恢復記憶的辦法了。如果我們真的有關聯，這個辦法說不定管用。」

「什麼辦法？上床？」三無女眨巴著眼，她一直覺得肢體接觸得還不夠，如果能夠交配的話，或許會更有效率。

「白癡，我們就算真上床了大概也沒用。」我嘆了口氣，咬破手指頭，「失憶前的自己，用古希伯來文寫了『血』這個字。」

李夢月看著我，也稍微有些激動。難道終於要找回心裡缺失的那一塊了？

兩根被咬破的手指，兩個人。血與血，緊緊的交匯在了一起。

就在那瞬間，我們的世界搖晃不止。紅線在回捲，輪迴在旋轉，就這麼靜靜的站了一會兒，我和李夢月，同時睜開了雙眼。

「呼，我的輪迴居然被鬼門斬斷了，真是有夠科幻的。」我的嘴角流露出一絲自嘲的笑，「更不可思議的是，源西鎮上的那些紅線，居然是我們倆之間的羈絆。」

紅線是羈絆，席捲一切。因為被斬斷，所以無根。無根的紅線因為夜家特有的契約的影響，不斷地追著有可能是自己主人的兩人。鑽入那些人的體內，又因為找錯人而離開。

它之所以帶有特殊血型，其實是因我跟李夢月的血交匯在一起後，產生的一種巧合。巧合的與鬼一般的女人身上的褉子，是同一種顏色。

它跟白霧以及十八號公車，根本沒有任何關係。

「居然，被，圈養了。」李夢月的臉上滿是怒色，「居然，敢，傷害，主人。」

恢復了記憶的我，似乎想起了什麼，對游雨靈說：「妳既然一個月前就開始追著我跑，怎麼一直都沒找到我？」

說到這，我用力拍了拍腦殼，「對了，我差點忘了，妳這傢伙本就是個超級路癡。」

就在這時，整個時家嶺都晃動了一下，彷彿山頂上發生了劇烈的爆炸。

我的臉色又是一變，「不好，時悅穎有危險。」

沈思愣了愣，「什麼危險？」

「一直以來，我們都搞錯了。原本以為自己失憶後，時悅穎、妞妞和時女士的記憶才是正確的。因為，她們全部都記得我。可我現在恢復記憶了……」我的面色慘白，「恢復了記憶後，我才發現，她們的記憶，其實也是錯誤的。」

想到這兒，自己只感覺渾身發冷。果然，一個大陰謀，一個巨大的陰謀，籠罩在我身上。那個陰謀，只不過露出了一丁點的引子罷了。

我之所以出現在時悅穎面前，是因為雅心的勢力故意將我扔在她身旁。一切都是預謀。

「她們的記憶，出錯了？什麼錯？」沈思疑惑道。

我語氣在發抖，「不只是她們，就連你對時女士丈夫的記憶，或許都是錯誤的。三年前，我確實曾經和時悅穎一起度過一段時間。那時的我，也失憶過。可是我現在清楚的記得，那個男人根本就不是你的哥哥。你姓沈對吧，那麼你的親哥哥，應該叫沈誠。不過，三年前時女士的丈夫，可是個名叫楊名染的負心漢。他應該已經被沉溺池中的超自然力量殺掉了。」

越想越覺得古怪，似乎所有人的記憶都失控了。到底誰的記憶是真的，誰是假的，至今，我也搞不清楚。

或許，在三年前，當我第一次出現在時悅穎面前時，這個局就已經佈下了！沒有人，能夠清晰的看出記憶迷霧中，哪個才是正確答案。

兩股記憶，矛盾重重。何況三年後再次遇見時女士時，總覺得她的性格，和三年前並不相同……難道，有問題的，是她才對？

自己用力搖了搖腦袋，沒有再多想下去。只是接著道：

「張雨根本就不是二十二年前，王姓婦女的女兒，時悅穎才是。那個勢力真正的目的，就是為了引她回死胎祠堂。」我的語氣在發抖，「如果我沒猜錯，沈思，你家死胎祠堂下邊，鎮壓的恐怕是許多神秘勢力都想得到的東西。陳老爺子的某一塊，骨頭！」

□

當我們趕到死胎祠堂時，整個祠堂都已經崩塌了，地上露出了一個大洞。那個神秘勢力準備了二十二年，終於湊齊了打開陳老爺子骨頭封印的條件，順利將那塊骨頭帶走了。

祠堂中散亂著一大堆的屍骨。二十二年來，血型是B型RH陰性的人被帶進了這棟建築，或許這類血型的人，本就是解開封印的其中一個條件。

妞妞因為被時悅穎藏了起來而倖免於難。

我身上確實是有GPS晶片，這個晶片是老男人透過他倉庫中某一種擁有超自然力量的物件打入體內的，誰也不知道，也很難檢查出來。游雨靈跟蹤的就是那個訊號。

李夢月曾經待過的那棟富人區別墅，早已人去樓空，什麼也沒剩下。就連她帶去源西鎮的僕人趙雪，也人間蒸發得乾乾淨淨。

從那棟別墅裡，查不出任何可疑的地方。

至今，我仍然搞不懂雅心的組織斬斷我的輪迴，究竟是想要從守護女李夢月的身上得到什麼。她們是不是達到了目的，我也沒弄明白。

妞妞跟著我到了老男人楊俊飛位於加拿大的公司，這聰明無比的小蘿莉也和偵探社簽了約。

她為自己改了一個名字，叫時悅心。

她想要找到自己的母親時女士，挖出時家慘案背後隱藏的真凶。沒錯，時女士跟著那兩段失控的記憶一起，失蹤了。

沒有她，我們所有人都解不開，究竟什麼才是真的。她的丈夫究竟是沈誠，還是楊名染。或者都不是！妞妞的父親，又到底是誰？

一切都隨著她的失蹤，陷入了死寂的黑霧裡。

至於時悅穎，由於那個神秘勢力從她體內抽取了某種東西，已經奄奄一息……

她一直昏迷不醒，醫生判斷，女孩根本無法搶救。

沒有人，能回天！

# 尾聲

我從老男人的倉庫裡借來了一樣東西，帶回源西鎮。

恢復記憶的守護女李夢月，自然跟我一同來了。

病房中，三無女體貼的沒有進去，而是出門走到走廊。

整個病房裡，就只剩下了我和時悅穎。

「蘊藏著超自然力量的物品，總會帶給人不幸。但是這一次，我也只能破例了。」

我呆呆看著躺在床上的時悅穎，她的生命只剩下一小時了。

其實這一個小時，也夠了！足夠了！

自己不願看到這漂亮女孩的消亡，便狠下心，頭也不回的走出病房。

病床枕頭下，只留下了一塊彷彿呼吸般一明一暗，拳頭般大小的石頭。

二十一歲

時悅穎睜開了眼睛，窗外，陽光明媚。光粒子透過窗簾照射進來，很美。

一個男性的身影就那麼背對著窗戶，彷彿世間所有的美好都聚攏在那個身影上。

時悅穎的眼眸接觸到那個身影後，就再也沒法移開。

「你沒有走？」時悅穎用力撐起身體。

「我不走了。」身影輕輕的搖了搖頭。

「真的？」女孩臉上頓時爬滿了笑容，她張開手臂，用力的，用力的將他緊緊抱住，「小奇奇，你真的，真的不會突然離開？不會再離開我？」

「真的不會了。我再也不會離開。」小奇奇搖了搖頭，光斑在女孩的瞳孔裡消散，時悅穎清晰的看清楚了小奇奇那張熟悉的臉。

時悅穎伸出手，「那打勾勾！」

「不用打勾勾這麼幼稚，我有個更好的東西。」夜不語輕輕笑了笑。他伸出手，摸索了一陣後，從口袋中摸出了一個小盒子，「送妳的。」

他將盒子塞進她手裡，背過身去。

時悅穎全身都僵硬了，她死死的拽著手中這個一手可握的盒子，難以置信的將其打開，「戒指？」

一枚鑽戒迎著炯燦的陽光，反射著無數道璀璨的光輝。

「戒指，哇，真的是戒指！」時悅穎幸福得頭暈目眩，「居然還是結婚戒指。」

「對，它是一枚結婚戒指。」夜不語露出特有的淡笑，「所以，時悅穎小姐，妳願意，嫁給我嗎？」

時悅穎眨巴了下眼睛，她緊緊的把戒指藏在懷裡，像是怕被搶走似的。她伸長脖子四處瞅了瞅，之後又縮手縮腳賊似的警戒著附近。

夜不語撓了撓頭，「妳在幹嘛啊？不願意嗎？」

「噓，笨蛋！」女孩賊兮兮的擺了擺手，「你沒看過電影和連續劇啊。旗都豎起來了哦，一般這種幸福的時刻，都會有一個流裡流氣的流氓不知從哪裡冒出來，他會握著手槍要搶你的錢和我的戒指，我不從，然後就被誤殺了。」

時悅穎就這麼說著說著，便笑了，「我真笨，哪裡會有笨強盜跑進醫院病房搶劫嘛。」

女孩將戒指舉起，放在陽光下，「好美啊。從前覺得那些被誤殺的女主角真傻，寧願死，都不放開自己的結婚戒指。可是現在我明白了，我也會很傻。」

「所以，喂，妳究竟和不和我結婚啊？」夜不語感覺自己越來越不懂女人了。

時悅穎瞪了他一眼，「笨蛋，本來多有感覺的瞬間，完全被小奇奇你破壞掉了。白癡，不懂風情！笨！」

「所以妳……」夜不語實在不知道該說什麼，好好地求婚，居然正在朝鬧劇的方向發展。

「我答應，我當然答應。」女孩從床上跳了起來，整個人跳入夜不語的懷中，「我怎麼可能不願意！我怎麼可能不願意！」

女孩將結婚戒指套入纖細白皙的右手指上，傻笑著，眼淚從臉頰上不停地滑落。

我，時悅穎，二十一歲，終於被這輩子最愛的人娶回去了。

三十一歲

「用力，用力。快要生出來了。」時悅穎躺在產房裡，手緊緊的握著夜不語的手。她滿頭大汗，下半身撕裂的痛苦，席捲了大腦中所有的神經。

「小奇奇，你喜歡男孩，還是女孩？」護士們忙手忙腳的接生，時悅穎用力握了夜不語一下，喘著粗氣，憋出了這麼一句。

「只要是妳生的，我都喜歡。」夜不語苦笑著回答，「怎麼突然想問這個？」

「就是想問問嘛。」時悅穎想要笑，但是太痛了，實在笑不出來，「男孩的話，肯定會像你。多好啊，兩個我最愛的男人圍在我身旁，兩個人保護我。他有著你的臉和血，真好。」

「如果是女兒呢？」夜不語揉了揉腦袋問。

「是女兒的話——」

就在這時，一聲啼哭劃破了整個產房的喧囂，也打斷了時悅穎的話。

「是個女兒喔。」護士剪斷臍帶，將皺巴巴的女兒抱到了兩人眼前。

時悅穎眨巴著眼睛，終於憋出了這麼一句，「護士小姐，能不能把這小傢伙給塞回去。好醜哦！我不要了！要不，送妳吧！」

「……」

「小奇奇，是女兒哦，我們的女兒。是女兒真好啊，貼心小棉襖。是男孩的話好奇心肯定跟你一樣，到時候就不會留在我們身旁了，會飛走的。女孩，一定不會！」

時悅穎笑嘻嘻的，將女兒從護士手裡抱了過去。

我，時悅穎，三十一歲，我和我最愛的人，終於有了愛情的結晶了。

四十一歲

「臭丫頭，叫妳別跑。妳看妳跟妳老爹一樣。喂，孩子她爹，快管管你女兒，才十歲而已，怎麼老喜歡撿一些稀奇古怪的東西回來，還說裡邊蘊藏著某種超自然的力量，只是力量沒有爆發出來而已。」

「氣死我了。有其父必有其子，不管男孩女孩，怎麼都那副德行。」

五十一歲

「孩子她爹，甜甜讀大二了喔。靠，你說她才讀大二，居然就敢把男朋友往家裡帶。這個小丫頭是不是皮癢了，需要用柳條枝抽抽？」

「喂喂，孩子她爹，別顧著自己打扮。也看看我嘛，我漂亮嗎？皮膚還和二十多歲時一樣嗎？怎麼說也要給人家男孩子留下一些印象分數。萬一他成我們家甜甜的老公，以後對我們印象不好，不讓甜甜回來看我們怎麼辦？」

「哎，希望帶一個正常的男生回來，甜甜那丫頭的爛桃花運，可是一點都不比你這個當爹的差。」

六十一歲

「哇，老公，我們的女兒也生孩子了，是男孩喔！你在哪兒啊？什麼，還在西伯利亞給自己要出生的外孫找生日禮物？快給老娘滾回來！」

七十一歲

「老公，孩子大了，獨立了。小外孫也十歲了。不知不覺我們都已經老了。咳咳。」

「這輩子，我滿足了。真的滿足了！」躺在病床上，憔悴蒼老的時悅穎緊緊握著老伴夜不語的手。

她老了，記憶不行了，牙齒掉得差不多了，說話也開始漏風了，唯獨自己對夜不語的愛從來沒有變淡過，哪怕是一絲一毫。

「小奇奇。」時悅穎看著病床邊的窗戶，光粒子從窗外透進來，一如五十年前，夜不語向她求婚那天那麼美。

已經變成老爺爺的夜不語嘴巴嘟囔了幾下，想要說話。老奶奶時悅穎伸出手指，按在了他的嘴上。

「老公，你不要說話，不用說話，其實我一直都知道的，早就知道了，從五十年前，從醒來的那一刻，就已經知道了。」時悅穎笑得很美，「我知道，這一切都是假的。或許，僅僅只是一個夢吧。雖然我不曉得，你是怎麼做到的。」

「但，哪怕是夢也好。謝謝你，陪我度過了一輩子。」

夢中的病房和現實的病房，兩個世界的心電圖，那條不斷跳躍的曲線，同時變成了直線。

時悅穎的眼角，一滴眼淚，滑落了下來。拳頭大小的奇怪石頭上的光芒在消退，越來越弱。最終變得如永夜般黯淡……

就在這時，已經走了很遠的我，猛地回過頭。

耳畔，彷彿聽到了時悅穎的聲音。

她在對我說

——永別了，我這一生，最愛，的人！

*The End*

作者　夜不語
封面繪圖　Kanariya
總編輯　莊宜勳
主編　鍾靈
美術設計　三石設計

出版者　春天出版國際文化有限公司
地址　台北市信義區信義路四段458號3樓
電話　02-7718-0898
傳真　02-7718-2388
E-mail　story@bookspring.com.tw
網址　http://www.bookspring.com.tw
部落格　http://blog.pixnet.net/bookspring
郵政帳號　19705538
戶名　春天出版國際文化有限公司
法律顧問　蕭顯忠律師事務所
出版日期　二〇一五年十一月初版
定價　170元

總經銷　楨德圖書事業有限公司
地址　新北市新店區寶興路45巷6弄6號5樓
電話　02-8919-3186
傳真　02-8914-5524

夜不語作品 05

夜不語詭秘檔案703：幽靈公車

國家圖書館出版品預行編目資料

夜不語詭秘檔案703：幽靈公車 ／ 夜不語 著.
一 初版. 一 臺北市：春天出版國際， 2015.11
面；　公分. 一（夜不語作品；05）
ISBN 978-986-5706-90-6（平裝）
857.7　104017879


ISBN 978-986-5706-90-6
Printed in Taiwan